슈라네 집
고소한
이야기

슈리네 집 고소한 이야기

밀라노에서 전하는 따뜻한 식탁

이정화 지음

sonnet

소네트

차례

안녕하세요

'인연'이라는 말, 참 좋지요. 누군가를 만나고, 어떤 일이 일어나는 건 연이 닿았기 때문이라는 말이 신기하면서도 따뜻하게 다가옵니다.

스물네 살에 열일곱 살 많은 남편을 만나 두 아이의 새엄마가 되고, 남편과 아이들을 따라 이탈리아로 온 것도. 철없는 나이, 가진 건 뜨거운 가슴 하나뿐이어서 가족과 사랑 사이에서 오랜 방황을 한 것도. 깊은 가슴 앓이를 하고 나서야 내 안에 있던 나를 발견하게 된 것도. 그 시간을 함께해준 친구가 바로 작은 부엌과 이탈리아 음식이라는 것도. 그리고 이렇게 내 이야기를 하게 된 것도요.

평범하지 않게 살아온 이야기를 밀라노에서 아이 넷을 키우는 평범한 아줌마가 되어 하려니 쉽지가 않았어요. 많은 용기가 필요했고, 더 많은 용기를 내었습니다. 말하지 않아도 누군가가 내 마음을 알아주면 좋겠지만, 말하지 않으면 아무도 모르니까요.

늘 가슴 한편에 묵직한 돌덩어리를 안고 사는 기분이었는데, 지금은 그 돌덩어리가 데구루루 굴러 없어진 것 같아요. 만나는 사람마다 얼굴이 밝아졌다고 합니다.

밝은 얼굴로 만나게 되어서 다행입니다. 지금, 우리가 만난 것도 인연.
안녕하세요. 슈라입니다.

입맛을 돋워 주는
안티파스토처럼,
새콤달콤 돋아난,
사랑

꿈은 이루어진다?

우리 부모님은 어려서부터 시골 동네에서 함께 자란 동갑내기 친구였습니다. 코 흘리던 모습부터 봐왔으니 상대에 대한 신비감은 제로. 부부라기보다 격의 없는 친구 같은 모습이 어린 내 눈에도 참 가벼워 보였습니다. 그 가벼움이 싫었기에 서로 존중하고 존경하는 듬직한 부부가 미래의 내 모습이 되기를 꿈꿨죠.

남편은 서재에서 책을 읽고, 아내는 거실에서 꽃꽂이를 하고, 남편이 부르면 아내는 "네~" 대답하고, 서로 존댓말로 대화를 나누는. 예쁘게 살림하고, 존경하는 남편에게 순종하고, 사랑으로 아이들을 키우며 평범하게 사는 행복한 결혼을요.

꿈을 이루기 위해 "내 배우자는 이래야 해!"라며 외치고 다녔던 이상형이 있었습니다.

직장 확실하고 경제력 있는 남자. 자상한 남자. 동갑은 NO! 나이 많은 남자. 이 세 가지는 꼭 갖춰야 했죠.

〈 슈라네 집 고소한 이야기 〉

그런데 말이죠, 이래야 한다, 저래야 한다, 아무리 따지고 외쳐도 사람
하나 마음에 들어오면 다 잊게 되더라고요. '이 사람 하나면 된다. 이 사
람과 같이 살고 싶다.' 그저 간절해지더라고요.

그 남자, 그 여자

남자는 이탈리아에서 성악을 전공하고 한국에 돌아와 강단에 섭니다. 음악에 대한 열정, 가르치려는 포부가 차고 넘쳤죠. 여자는 이탈리아에서 성악을 전공하고 한국에 돌아와 강단에 선 남자의 첫 제자입니다. 음악에 대한 열정도 배우려는 의지도 약해 자신감 넘치는 선생님이 부담스러웠죠.

그러던 어느 날, 남자는 사고로 사랑하는 아내를 잃습니다. 슬픔과 괴로움의 골은 깊어만 가고, 열정과 포부도 점점 사라져 갔죠. 여자는 자신감 넘치던 선생님의 축 처진 뒷모습에서 초라함을 느낍니다. 마음이 아팠고 선생님에게 힘이 되고 싶어졌죠.

시간이 흐르고, 남자는 제자에게 부탁합니다. 일곱 살 된 쌍둥이 딸이 있는데 어머니가 돌봐주고 있지만 학습 부분이 많이 부족하다고. 아이들의 가정교사가 되어 주면 좋겠다고.

〈 슈라네 집 고소한 이야기 〉

여자는 선생님의 부탁을 받아들입니다. 아이들이 학교에 들어가고 3학년이 될 때까지 공부도 돌봐주고, 맛있는 것도 같이 사 먹고, 영화도 함께 보며 가정교사로 아이들과 시간을 보냈죠.

남자는 제자에게 아이들 문제를 하나씩 이야기하고, 깊은 속 이야기도 털어놓기 시작합니다. 여자는 아이들 이야기에 귀 기울여주고, 쉬는 날이면 아이들과 함께 시간을 보내는 자상한 선생님이 좋아집니다.

어느 날 문득, 남자는 제자가 여자로 느껴집니다.
어느 날 문득, 여자는 선생님이 남자로 느껴집니다.
그러나 남자는, 여자는 감정을 숨길 수밖에 없습니다.

딱 하나만 생각해!

감성적인 나는 그의 이성적인 면이 좋았습니다. 느릿하고 촌스러운 충청도 말투인 나는 그의 상냥하고 설득력 있는 서울말이 좋았어요. 그가 이야기하면 나는 무방비 상태가 되어 그에게 빨려 들어갔죠.

어느 날 그가 선을 보고 왔다고 했습니다. 소개해 주신 분의 성의를 거절할 수 없었다던 그의 목소리는 너무나 즐겁고 밝았죠.

밤새 울었어요. 내 몸에 있는 모든 물이 다 빠져나올 때까지 울고 또 울었죠. 그리고 밤새 생각했습니다. 그를 너무 사랑해. 하지만 아이들을 좋아하지 않는 내 성격으로 쌍둥이를 내 자식처럼 예뻐할 자신이 없는데, 아이들까지 사랑할 수 있을까? 생각이 생각을 낳았습니다.
그때 내 마음이 말했어요.
뭐가 그리 복잡해? 딱 하나만 생각해! 이 사람 아니면 안 되잖아! 평생 후회하지 말고 고백해!

〈 슈라네 집 고소한 이야기 〉

어렵게 자리를 만들어 그와 마주 앉았습니다. "선생님을 많이 사랑해요. 저랑 결혼하면 안 돼요? 아이들에게는 최선을 다할게요." 떨리는 마음에 진심을 담아 용감하게 고백했어요.

그는 나를 가만히 바라보더니 말했습니다.

"나도 너를 너무 사랑한다. 하지만 네 부모님 허락 없이 감히 사랑을 시작할 수 없구나. 미안하다." 그리고 나를 꼭 안아주었죠.

기운이 빠지더군요. 이렇게 용기없는 남자였어? 부모님이 반대해도 헤쳐나가자! 나만 믿고 따라와! 하지는 못할망정, 부모님이 반대하면 시작도 해보지 않겠다는 거잖아! 섭섭한 마음이 들었습니다.

그때 또 마음이 말했어요. 뭐가 그리 복잡해? 그도 너를 너무 사랑한다잖아. 그거 하나면 된 거 아니야?

맞아요. 내가 그를 사랑하고, 그가 나를 사랑한다는 것. 단순하지만 든든한 하나의 답! 딱 하나만 생각하기로 했습니다.

다름의 미학

열일곱 살 차이. 아내를 가슴에 품은 남자. 두 아이의 아빠.
주말, 집으로 내려가는 기차 안에서 부모님께 선생님 얘기를 어떻게 해야 할지 머릿속으로 대본을 짜고, 대사 연습을 수없이 했습니다.

그런데 맙소사!
"왜 왔어?"
오랜만에 예고 없이 집에 온 딸 얼굴을 보자마자 왜 왔냐고 묻는 엄마의 짧고 굵은 한 마디에 준비했던 대본은 깨끗하게 지워지고 말았죠.
"그냥!"
대답하고 방으로 쑥 들어갔어요. 언제가 좋을까… 지금? 아니야. 저녁 먹으면서? 아니야. 언제 말하지…. 꼬박 하루 동안 기회를 엿봤습니다.

다음 날, 아버지가 안 계신 틈을 타 엄마에게 조심스럽게 선생님 이야기를 했어요. 대본과는 달리 횡설수설하는 내게 엄마는 소리쳤죠.

"너, 미쳤구나! 임신했니?"

맙소사! 엄마는 어떻게… 라고 말할 틈도 주지 않고 엄마는 또 소리쳤습니다.

"니가 뭐가 부족해서 그런 결혼을 해! 말도 꺼내지 마!"

아버지가 오시자마자 엄마는 선생님 이야기를 했고, 아버지는 나를 불렀어요.

"그 사람 아니면 정말 안 되겠니?"

"네. 저는 그 사람을 사랑합니다. 꼭 결혼해야겠어요."
아버지는 그 사람을 한번 보자고 하셨습니다.

다음 날 저녁 그 사람은 아버지 앞에 무릎을 꿇고 앉았습니다.
"나는 내 딸을 너무 잘 알아. 한다면 하는 아이지. 나는 결혼 문제로 하나 있는 딸을 잃고 싶지 않네. 솔직히 자네가 마음에 들지 않아. 하지만 내 딸이 원하니까, 내 딸이 행복해진다면, 허락하겠네."
아버지의 진지함에 놀랐고, 나를 온전히 알고 사랑하고 있다는 것에 감격했습니다. 죄송하고 감사했어요.

결혼 허락을 받으니 너무나 기뻤습니다. 하지만 결혼식은 허락받지 못했어요. 엄마는 마지막 남은 자존심이라며 사람들에게 나이 많은 사위를 보이고 싶지 않다고 하셨죠. 섭섭했지만, 괜찮았어요.
내가 선택한 결혼이 평범하진 않지만, 틀린 건 아니잖아요. 그저 조금 다를 뿐이죠.

오, 사랑!

쿵쾅! 천둥이 치고
찌릿! 벼락에 맞은 것처럼
첫눈에 풍덩 빠져버린 사랑.

시나브로
붉어지는 저녁노을처럼
서서히 물들어버린 사랑.

마음에 드는 사람이 있어도
그가 내게 다가와 고백해주기를 기다리는 사랑.

마음에 드는 사람이 있으면
내가 먼저 찾아가 고백해버리는 용감한 사랑.

〈 슈라네 집 고소한 이야기 〉

같은 취향, 같은 생각.
나랑 너무 비슷해 운명의 소울메이트라 여겨지는 사랑.

다른 취향, 다른 생각.
나랑 너무 달라 다름을 존중하며 새 시각에 눈뜨는 사랑.

사랑에도 여러 가지 모양, 색깔, 향기가 있어요.
하지만 이렇듯 다양한 사랑의 씨앗은 같아요.
바로 설렘이죠.

세포 하나하나가 다시 태어나는 짜릿한 느낌!
삶에 군침이 도는 맛!
오, 사랑!

살아 숨쉰다는 것

우리는 마음껏 사랑할 수 있게 되었어요.

우리는 마음껏 사랑하고 있어요.

마음껏 사랑하며 살아 숨쉬고 있어요.

우리는….

〈 슈라네 집 고소한 이야기 〉

어른이 되어야 했네

어른이 된다는 건 무엇일까요? 만 스무 살이 되면 다 어른이 되는 걸까요? 스물넷의 나는 분명 어른인데, 어른이 아닌 것만 같았습니다.

그를 사랑하면서 친구들과 점점 멀어지기 시작했어요. 내 가슴 벅찬 사랑이 친구들에게 숨길 일은 아닌데, 분명 축하해주고 응원해주는 친구가 있을 텐데, 만나면 이야기하자 하다가도 그렇지 않을 반응에 미리 겁먹고, 앞선 생각들로 친구들 만나는 것이 두려웠습니다. 나이 많은 사위 숨기기 위해 결혼식은 없다는 엄마의 마음이 내게도 있었어요.

그와 함께 있는 시간이 많아졌습니다. 아이들도 우리가 함께 있는 모습에 서서히 적응해갔죠. 하교 시간에 맞춰 아이들을 데리러 가곤 했는데, 어느 날 아이들이 내게 나이를 물어보았어요.
내가 학교에 자주 가니 친구들이 누구냐고 물어 엄마라고 거짓말을 했고, 반 친구 엄마가 아이들을 붙들고 엄마는 몇 살이냐고 물어서 아이들은 내 나이를 알아야 했습니다.

엄마가 몇 살인지, 아빠가 무슨 일을 하길래 저렇게 젊은 아내가 있는지, 학교 엄마들 사이에서 나는 궁금한 여자였고, 말하기 좋은 얘깃거리였어요. 이런 상황이 신경 쓰이고 불편했지만, 괜찮은 척 참아야 했어요. 견뎌내야 할 일이니까요.

〈 슈라네 집 고소한 이야기 〉

추억은 몽글몽글

지혜, 다혜. 쌍둥이 아이들입니다. 이탈리아에서는 지혜가 언니, 다혜가 동생. 한국에서는 다혜가 언니, 지혜가 동생이에요. 이탈리아에서는 엄마 뱃속에 먼저 생긴 아이가 언니인데, 한국에서는 세상에 먼저 나온 아이가 언니이기 때문이죠. 서로 자기가 언니라고 싸우는 바람에 "여기는 한국이니까 한국에서는 다혜가 언니야!" 할머니가 판정을 내려주었습니다. 그래도 자주 싸웠지만요.

지혜는 똑똑하고 눈치가 빠른 아이입니다. 수다스러워 가끔 말실수도 하지만, 상대방의 기분을 좋게 만드는 능력이 있어요. 앞에 나서는 것도 좋아하고, 늘 즐겁고 씩씩해요. 다혜는 약지 못해 늘 손해를 보는 아이예요. 체계적으로 이해되지 않으면 받아들이지 못하고, 마음에 없는 표현은 하지 못하죠. 모든 것이 느리지만, 상대방을 배려하는 넓은 마음을 갖고 있어요.

쌍둥이지만 이렇게 다른 지혜와 다혜는 이탈리아에서 태어나 일곱 살에 한국으로 왔어요. 한국말이 서툴러 형용사로만 의사 표현을 하고, 가끔 이해할 수 없는 말도 했지만, 순수하고 당찼습니다.

어느 날 지혜가 그래요.
"어른들이 우리만 보면 '저것들 불쌍해서 어쩌나~' 하고 우는 게 제일 싫어요. 우리가 왜 불쌍해요? 아빠도 있고, 할머니도 있고, 고모도 있는데. 우리가 뭐 거지인가요?"
아이들이 누구보다도 현실을 받아들이고 꿋꿋하게 살고 있다는 것에 놀랐습니다. 그 당참 속에는 그리운 엄마의 모습, 엄마와 함께 한 따뜻한 추억들이 몽글몽글 뭉쳐있을 거예요. 짧지만 강한 추억으로 아이들은 힘을 냈겠죠.

짠, 짠, 짠!

마음먹은 대로, 계획하고 노력한 대로 일이 척척 되면 얼마나 좋을까요.
10년 유학생활을 마치고 많은 꿈을 품고 한국에 돌아왔지만, 꿈을 제대
로 펼칠 기회는 주어지지 않았습니다. 교수 채용공고를 보고 원서를 넣
어도 결과는 늘 불합격이었죠. 어쩌다 어느 학교에 교수 자리가 비어있
다는 얘기를 듣고 찾아가면 학교 측에서는 원서를 확인하기도 전에 부담
스러운 조건부터 내걸었습니다.

의료보험 혜택도 받을 수 없는 시간강사, 부조리한 조건의 교수 자리, 아
이들의 불안정한 학교생활, 색안경을 끼고 나를 대하는 주변 엄마들의
시선. 이 모든 것들이 우리를 힘들게 했습니다.

'이탈리아로 가서 살면 어떨까?'

그도, 나도 이런 생각을 자꾸 하게 되었어요. 잘 살아보겠다고 한국으로
돌아와 2년 반만에 다시 이탈리아로 돌아간다는 건 결코 쉬운 결정이 아
니었지만, 우리는 이탈리아로 가기로 했습니다.

〈 슈라네 집 고소한 이야기 〉

우리가 만나 사랑하며 흘린 눈물, 상처, 마음고생이 참 짰어요. 그러나
이 짠한 상처와 짠한 눈물이 삶의 맛깔스러운 맛으로 잘 저장될 것임을
나는 압니다. 그리하여 훗날 멋지게 짠! 건배하리라! 나는 믿어요.

그래,
시작하는 거야!

이탈리아로 출발!

1997년 4월, 밀라노에는 겨울이 떠나지 못한 듯 찬 기운이 맴돌았습니다. 공항에는 남편의 이탈리아 친구들이 마중을 나와있었어요. 남편의 소개로 간단한 눈인사를 하고, 정해놓은 집으로 향했습니다.
붉은빛으로 물든 밀라노의 저녁 하늘이 꿈과 기대로 가득 찬 내 마음을 읽은 듯 나를 따뜻하게 안아주었죠.

우리가 살 집은 작은 이층집이었습니다. 위층에는 침실과 화장실이, 아래층에는 거실과 열린 부엌이 있었죠. 위층 방을 아이들에게 양보하고 남편과 나는 아래층 거실을 쓰기로 했어요. 거실에는 넓은 소파침대와 작은 유리 칸막이로 된 서재가 있었는데, 서재 안에 있던 책상을 밖으로 꺼내고 소파침대를 서재로 들여놓았습니다. 낮에는 소파로, 밤에는 침대로 변신하는 소파침대는 아주 유용했어요. 소파침대로 서재는 한 사람이 서 있기도 힘들 정도로 꽉 찼지만요.

〈 슈라네 집 고소한 이야기 〉

"이렇게 아늑한 신혼 방이 또 있을까?" 마냥 행복해하는 나에게 남편은 "그렇게 좋니?" 물었죠. 네! 정말 그렇게 좋을 수가 없었습니다. 내가 바라는 삶은 내 전부를 다해 사랑한 남편과 두 아이에게 최선을 다하는 것. 굳은 각오와 함께 이탈리아 생활을 시작했습니다.

시댁 없는 시집살이

밀라노에서 제일 잘 가르친다는 이탈리아 어학원에 등록했습니다. 멈춰 있지 않고 무언가를 배운다는 것이, 내게 시간을 투자한다는 것이 나를 더 살아있게 했어요. 새로운 단어를 알아가고 그것을 활용하고…. 한 달 정도 수업을 들었을 뿐인데 내 말을 알아듣는 이탈리아 사람들의 표정을 보는 것도 즐거운 일이었죠.

그러나 즐거움도 잠시. 문법은 나를 또 다른 세상으로 인도했어요. 아는 단어 50개, 쉽게 익혀지지 않는 이탈리아어 때문에 말 못하는 벙어리 신세! 천천히 말해도 알아듣지 못하고 상대방의 입만 멀뚱멀뚱 바라보는 귀머거리 신세! 이 길이 그 길 같고, 그 길이 이 길 같고, 사람을 만나도 이 사람이 저 사람 같고, 저 사람이 이 사람 같은 눈먼 소경 신세!

한국도 아니고, 이탈리아에서 시댁 없는 시집살이가 시작되었습니다.

첫, 식사

알베르토는 남편이 유학시절부터 알고 지낸 오랜 친구입니다. 훤칠한 키에 중년의 멋스러움을 풍기는 알베르토는 작은 광고 회사를 운영하고 있는데, 직원들을 위해 사무실에 작은 부엌을 꾸며 놓고 매일 점심을 준비하는, 요리를 즐기는 사람이에요. 이탈리아에 도착해 시차 적응도 안 된 내게 이탈리아의 스파게티를 처음 맛보게 한 사람이죠.

알베르토에게 초대받은 나는 덩치 큰 알베르토로 이미 꽉 찬 부엌에 들어가지는 못하고 한발 뒤에서 지켜보기만 했습니다.

알베르토는 한 사람당 100g이라는 정확한 양의 스파게티 면을 저울로 잰 후 끓는 물에 굵은 소금을 손으로 대충 던져 넣고 면을 넣었어요. 그리고 11분으로 알람을 맞춰놓았죠.

양념 되지 않은 토마토 퓌레 깡통을 열어 놓고 생마늘 두 개를 칼로 눌러 팬에 올리브유를 두르고 볶다가 그 위에 토마토 퓌레를 부어 끓였어요. 마늘 향과 토마토 향이 진하게 배어 나와 사무실 구석구석을 채웠죠.

이렇게 준비한 소스에 정확히 11분 끓여낸 국수를 넣고 센 불에서 30초 정도 볶더니 불을 끄고 올리브유를 살짝 두른 후 바질 잎을 올려 접시에 담았어요.

알베르토의 스파게티는 환상적이었습니다. 토마토의 상큼함이 그대로 살아있었죠. 식사하는 동안 말도 못 알아듣고 말 한마디 하지 못해 의미 없는 웃음만 지었던 어색함도 스파게티 맛으로 잊을 정도였어요.
자기가 만든 음식을 맛있게 먹는 사람을 보면 즐겁고 행복하다는 알베르토. 다시 만난 오랜 친구와 그의 아내를 위해 음식을 준비한 알베르토의 마음은 이탈리아 생활을 시작하는 내게 큰 힘을 주었습니다. 낯선 이탈리아에 온 나에게 누군가 처음으로 해준 따뜻한 식사였으니까요.

차려주는 밥이 제일 맛있어

알베르토는 내가 맛있게 먹는 모습이 좋았는지 나를 자주 식사에 초대했습니다. 한 번은 소 무릎뼈를 고아 만든 이탈리아 전통 리소토 맛을 보여주겠다고 했죠. 저는 오래전 집에서 먹었던 사골국을 생각하며 알베르토에게 갔습니다. 사무실 밖에까지 음식 냄새가 솔솔 나는데 내 코가 기억하고 있는 사골국 냄새와는 사뭇 다른 냄새였어요. 뭐랄까, 구수함은 없고 깔끔한 냄새라고 할까요. 그 맛이 어떨지 더 기대가 되었죠.

"푹~ 풍~~"
음식이 다 되자 알베르토는 어디서 구했는지 사냥할 때 쓰는 작은 나팔을 불었습니다. 그 소리에 7~8명의 직원들과 나는 포크를 들고 모여 앉았죠. 리소토는 쌀 요리지만 수저로 먹지 않아요. 포크로 한입 크게 떠 리소토를 먹는데, 직원 한 명이 나를 쳐다보며 검지로 한쪽 볼을 살살 비비기 시작했어요.
'밥풀이 묻었나?'

내 얼굴을 살짝 만져 보았는데, 아무것도 없었죠. 그런데 다른 직원들도 똑같은 행동을 하는 거예요.

'뭐지? 용용 죽겠지. 놀리는 건가?'

불쾌함을 느끼는 순간,

"Buono(부오노)?"

입에 있는 내용물을 다 삼킨 알베르토가 "맛있지?"라며 내게 물었습니다. 직원들은 또 검지를 볼에 비비며 웃었죠. 그제서야 그들의 행동은 '맛이 있다.'라는 표현임을 알아차렸어요. 입안에 음식이 있을 때 소리 내 씹거나 말하는 것을 금하는 이곳에서 요리사에게 하는 귀여운 칭찬이었던 거죠.

어른들만 있을 때는 잘 하지 않는다는데, 알베르토와 직원들은 내게 이탈리아의 식탁 문화 중 하나를 보여 준 것이었어요. 그제야 나도 환하게 웃으며 손가락으로 볼을 비볐습니다.

소 무릎뼈를 고아낸 후 허브를 넣은 국물에 쌀을 넣고 끓이다가 죽처럼 퍼지기 전에 마무리하는 리소토. 쌀이 씹히는 식감이 낯설긴 했지만, 깔끔한 맛의 알베르토 리소토는 좋은 날 엄마가 사랑으로 우려낸 사골국처럼 느껴졌어요. 모든 것이 어렵고 버거운 이국 땅에서 그가 차려주는 밥은, 제게 밥 이상의 밥이었습니다.

사람 사는 집

옆집에는 할머니 한 분이 살고 계셨어요. 할머니는 나를 보면 'Ciao(차오)' 인사를 했고, 그럼 나는 살짝 미소를 지은 후 집안으로 쏜살같이 들어갔어요. 할머니와 마주치는 것은 아무 잘못 없이 운전하고 가다가도 경찰을 보면 괜히 긴장감이 느껴지는 것처럼 가슴 철렁이는 순간이었죠.
'무슨 말을 걸면 어쩌나… 선생님은 언제 오시려나….'
이탈리아어를 못한다는 이유로 소심하고, 예의 없는 사람이 되어버렸어요.

옆집 할머니 이름은 안젤라입니다. '천사'라는 뜻이죠. 오후가 되면 멋지게 차려입고 스포츠댄스를 하러 가는 늘 즐겁고 수다스러운 78세의 화려한 천사예요.
하루는 안젤라가 시무룩한 표정으로 정원에 앉아있는 거예요. 내가 피해 다니는 걸 눈치채고 나에게 화가 난 걸까…. 소심해져서 남편이 오기만을 기다렸습니다. 남편은 아침마다 안젤라와 인사하고 이야기도 나누는 사이였거든요.

남편이 오자마자 안젤라 이야기를 하고 무슨 일인지 가보라고 했어요. 이유인즉, 본인보다 세 살 많은 할아버지에게 프러포즈를 받아서라는데, 그게 왜 시무룩할 일인지 이해되지 않았지만, 괜한 오해는 풀려서 다행이었습니다.

안젤라는 좋은 사람이었어요. 우리가 필요한 게 무엇인지 물었고, 이탈리아어를 도와주겠다며 나에게 천천히 시작해보자 권했어요. 나는 안젤라의 손을 잡았습니다. 처음에는 아는 단어 열 개로 시작해 30분을 이야기했는데, 사실 이야기는 아니고 그냥 눈치로 맞추고 짐작하는 버티기 작전이었어요.

집에서 일하다가 필요한 말이나 물건이 있으면 사전을 들고 가 물어보기도 했고, 급한 일이 생기면 안젤라부터 부르고 찾았습니다. 안젤라에게 이탈리아 요리도 많이 배웠어요. 요리는 특별한 말이 필요 없고 만들 때 그냥 옆에 서서 보기만 해도 충분하니까요.

학교에서 돌아온 아이들은 옆집을 제집처럼 들락날락하며 안젤라가 해주는 케이크도 먹고 안젤라의 말동무가 되어 주었습니다.

"사람 사는 집 같아서 좋다!"

안젤라의 말에서 사람 그립고 외로운 것은 이곳 노인들도 마찬가지라는 걸 느낄 수 있었죠.

6개월이라는 짧은 시간 동안 안젤라의 이웃으로 살면서 할머니들이 쓰는 정겨운 밀라노 사투리도 배웠습니다. 옆 동네로 이사한 후에도 시간이 날 때마다 안젤라에게 갔는데, 볼 때마다 이탈리아어가 많이 늘었다며 칭찬을 아끼지 않았어요. 칭찬은 고래도 춤추게 한다죠. 안젤라 덕분에 이탈리아 사람들에 대한 공포심은 사라지게 되었습니다.

벙어리 같은 삶에서 더듬더듬 입을 열고, 희미하게 눈도 뜨고, 귀가 열리는 데는 좀더 많은 시간이 걸렸지만, 그래도 나는 많은 발전을 하고 있었습니다. 삶에서 부딪치고 배운 안젤라의 생활언어가 이곳에서 시작된 시집살이에서 한 발자국 벗어나게 하는 문이 되었죠. 이탈리아에서 만난 나의 천사 안젤라가 내민 손 덕분에 말입니다.

오늘은 뭐 해 먹나?

오늘은 뭐 해 먹나?

한국에서 살림을 하다 온 것이 아니어서 갑자기 생긴 두 아이와 남편의 밥을 책임진다는 것은 쉬운 일이 아니었습니다. 한식은 재료 구하기도 힘들뿐더러 한국 음식이든 이탈리아 음식이든 할 줄 모르는 것은 마찬가지인데 군이 한국 음식만 고집할 필요가 있나 싶었어요.

사진이 많은 이탈리아 요리책을 샀어요. 사전을 옆에 두고, 사진을 참고하고, 안젤라에게도 물어보며 낯선 식재료와 익숙하지 않은 양념으로 이탈리아 음식을 흉내 내기 시작했습니다. 남편과 아이들을 생각하며 즐겁게 음식을 만들었지만, 버린 적이 수도 없이 많았죠.

그날도 저녁 메뉴를 고민하는데 남편이 먹고 싶은 게 있다는 거예요. 아주 별미라며 '가지 라자냐'를 주문했습니다.

'가지? 좋아!'

사랑하는 사람이 먹고 싶다는데, 더구나 친숙한 가지이니, 고민 없이 요리책을 펼쳤죠. 사진에 나온 대로 가지를 썰어 맨 밑에 깔고 토마토소스를 올린 후 위에 모차렐라 치즈로 마무리해 오븐에 구웠습니다. 냄새는 그럴 듯했는데 꺼내보니 처음 가지런했던 가지의 형태는 없어지고 소스가 넘쳐 엉망이 되고 말았어요.

"이게 가지 라자냐야?"

남편은 맛을 보더니 뭔가 좀 빠진 것 같다 하고, 아이들은 모차렐라 치즈만 건져 먹고, 나는 질척이는 토마토소스를 뒤집어쓴, 쓴맛의 가지만 열심히 골라 먹었어요.

나중에 안 사실인데 가지 라자냐는 결코 쉬운 요리가 아니었습니다. 이렇게 어려운 요리를 초보 주부에게 주문하다니! 남편이 야속했지만, 그도 가지 라자냐가 쉬운 요리가 아니라는 걸 알았더라면 주문하지 않았을 거라 스스로 위로했어요.

그날의 실패를 잊지 않으며 도전하고 또 도전한 결과, 가지 라자냐는 이제 제일 자신 있게 하는 요리 중 하나가 되었습니다.

여름방학

이탈리아에 온 지 한 달이 지나서 아이들은 글씨를 쓰고 읽는 놀라운 발전을 했습니다. 친구들과의 의사소통에 별 문제가 없는 듯해 보였고, 학교에서 내준 숙제와 선생님이 써준 알림장 내용을 나에게 잘 설명해 주었습니다. 아침 8시부터 오후 4시까지의 학교 수업을 따라간다는 것이 지루하고 힘들었을 텐데, 학교에 가기 싫다는 말은 단 한 번도 하지 않는 아이들이 참 대견했습니다.

아이들은 한국에서 배운 종이접기로 학교 친구들에게 다가갔어요. 반 아이들에게 학을 접어주고, 배 접는 방법도 가르쳐주고, 장미꽃도 만들어 선물해 주었죠. 이탈리아는 문구 용품이 우리나라처럼 다양하지 않고 가격도 비싼 편이에요. 그럼에도 불구하고 아이들에게 친구를 만들어주기 위해 색종이를 아낌없이 사 주었습니다. 종이접기는 아이들의 자랑거리이자 자부심이었으니까요.

아이들이 읽기와 쓰기에 재미를 느끼고 있을 때쯤 여름방학이 시작되었습니다. 6월 중순부터 9월 중순까지 약 100일간의 긴 방학! 이 방학이 지나면 (지금은 없어졌지만) 초등학교 졸업시험이 있고 시험을 통과해야 중학교에 진학할 수 있어요. 시험에 통과하지 못하면 초등학교를 1년 더 다녀야 하죠. 대학교 재수도 아니고, 중학교 재수는 엄마로서 자존심이 걸린 문제였어요. 나도 모르게 괜한 긴장감과 부담감이 밀려왔습니다. '내 모든 걸 방학에 걸어보리라! 4년이란 공백을 뛰어넘어 보이겠어!' 의욕은 넘쳤는데 어디에서부터 어떻게 해야 할지 깜깜했어요. 학원이 있는 것도 아니고, 학습지도 다양하지 않고…. 방학에는 충분히 놀아야 한다는 이탈리아 엄마들과는 의논을 할 수가 없었죠. 토끼는 낮잠을 자고 있어도 우리 아이들은 거북이처럼 꾸준히 움직여주기를 바라는, 나는 한국 엄마였어요.

3, 4학년 교과서를 구해 읽기부터 시작했습니다. 처음에는 계획대로 잘 따라 하던 아이들도 2~3일이 지나자 지루해했죠. 재미를 잃으면 안 되겠다 싶어 이탈리아 만화책을 사주었어요. 일반 대화체로 쉽게 쓰인 만화책을 아이들은 즐겨 읽었죠. 만화책 읽는 사이사이 30분 정도는 교과서를 읽게 했더니 방학이 끝날 때쯤 아이들은 어휘력은 물론 책상에 앉아있는 끈기까지 얻을 수 있었어요. 개학 후 이탈리아어와 역사를 제외한 나머지 과목은 수업을 따라가는 데 큰 문제가 없었습니다.
만화책은 나에게도 도움이 되었어요. 모르는 말은 아이들에게 물어가며 함께 읽었거든요. 덕분에 아이들이 쓰는 쉬운 말을 많이 배울 수 있었죠.

〈 슈라네 집 고소한 이야기 〉

처음 맞는 이탈리아에서의 여름 방학은 엄마 흉내를 내가며, 때로는 아이들의 숙제를 봐주었던 아르바이트 시절로 돌아가며, 아이들과 함께 발맞추어 나아갔습니다.

이 집에는 내가 없다

저녁 식사를 마친 남편과 아이들이 TV를 보며 웃고 있네요. 나는 15초 광고를 보고 알아들은 짧은 단어로 음식이나 제품을 겨우 이해하는데 말이에요. 치즈 광고가 나올 때는 빵하고 먹는지, 토마토에 곁들이는지, 음식에 넣는지 유심히 보고, 아이들 해열제나 진통제 광고가 나오면 약이름을 적어 놓았다가 나중에 그 제품을 사는데 말이에요. TV 광고에 만족하는 내 수준과는 달리 그와 아이들은 프로그램을 보고 웃으며 공감대를 형성했어요. 그리고 나만 이해 못하는 이탈리아어로 떠들기 시작했죠. 엄마는 저녁을 준비하고 아빠는 아이들과 TV를 보며 대화 나누는 행복한 가정. 어릴 적 꿈꿔왔던 내 가족의 모습이 현실 속에서 벌어지고 있는데, 나는 왜 화가 나는 걸까요?

"집에서 한국말로 얘기해! 이태리말로 얘기하면 혼나!"

순간을 참지 못하고 버럭! 화를 내고 말았습니다. 아이들은 내 눈치를 보며 방으로 올라갔고, 그는 계속 TV를 보았죠. 무슨 말이라도 하면 내 마음이 좀 편했을 텐데, 그는 아무 말도 없었어요.

〈 슈라네 집 고소한 이야기 〉

4월, 이탈리아에 온 첫날 남편은 나에게 이런 말을 했습니다.

"정화야! 나는 너에게 시간을 주고 싶어. 네가 여기에서 사는 것이 힘들거나 내가 싫어지면 언제든지 한국으로 돌아가도 좋아. 네가 떠난다면 나는 너를 잡지 않을 거야. 앞으로 6개월 동안 생각하고, 여기 있겠다고 결정하면 우리 10월에 결혼하자. 네 앞날을 위해 지금 내가 할 수 있는 최선의 배려라고 생각해. 사랑한다."

그의 말은 너무 당황스러웠어요. 떠나도 잡지 않겠다면서 사랑한다니요. 사랑해서 붙잡을 수 없다니요.

남편은 어린 나이에 열일곱 살이나 많은 자신을 사랑한 나에게 늘 미안해했어요. 하지만 나는 그의 마음을 이해할 수 없었습니다. '결혼하면 남자는 변한다더니 이 사람도 별수 없구나.' 실망만 깊어갔죠. 내 인생의 전부가 되어버린 사람. 나도 그의 인생에 전부가 되길 원했는데, 우리 사랑은 같은 곳을 바라보고 있지 않음에 마음이 아팠어요.

2개월쯤 지나 한국에서 보낸 이삿짐이 도착했어요. 내가 아꼈던 책과 옷가지 이외에는 다 그의 짐이었죠. 그는 이탈리아에서 한국으로 가져갔던 짐 대부분을 다시 정리해 이곳에 가져왔어요. 내 기억 속에만 없는 그녀와 함께했던 그들만의 짐을 내 손으로 정리하기 시작했죠. 수저 하나, 쟁반 하나에도 그들만의 이야기가 있었을 텐데…. 소소한 살림살이 하나까지 정리하는데 마음속 깊은 곳이 뻥 뚫린 듯 허전함이 밀려왔습니다.
'이 집에는 내가 없다.'
아이들 마음속에는 엄마에 대한 그리움이 남아있고, 그도 역시 몇 년을 함께 한 사랑하는 사람의 흔적을 느끼고 있을 테죠. 내가 정리하는 이 짐들 속에 나만 모르는 그들의 추억이 묻어 있었어요.

그에게 나는 무엇인가?
나는 왜 이곳에 있나?
내가 그를 사랑한 대가가 이런 삶이었나?
말 못할 방황이 시작되었습니다. 사춘기도 아닌데 우울해졌고 작은 일에도 화를 감추지 못했죠. 실연당한 사람처럼 자꾸 눈물이 났어요. 어쩌면 이 모든 건 그의 사랑과 관심을 받고 싶었던 내 작은 몸부림이었을 거예요.

〈 슈라네 집 고소한 이야기 〉

기다리던 둘 만의 시간

아이들이 여름캠프에 가게 되었습니다. 계획에 없던 일이라 조금 망설였
지만, 이탈리아에 와서 처음으로 남편과 둘만의 시간을 보낼 수 있다고
생각하니 충분히 변경될 수 있는 계획이었죠.

그와 이야기를 많이 나누고 싶었어요. 내 이야기, 우리 이야기를요. 그
리고 다른 사람들처럼 나도 신혼을 즐겨보고 싶었습니다.

아이들을 캠프에 보낼 준비를 했어요. 깨끗한 옷도 잘 정리해 날짜별로
적어 넣고, 입었던 옷을 넣을 빈 비닐도 넣고, 만화책도 몇 권 넣고, 간
식거리도 챙겨 넣었죠. 처음으로 부모 없이 여행하는 아이들에게 주의할
것을 일러주었습니다.

아이들을 데려다 주고 우리만의 시간을 기대하며 집으로 돌아오는 길,
남편은 나의 재잘거리는 수다에도 별 반응이 없었어요. 그러더니 오후부
터 남편 몸에 열이 나기 시작했죠. 5, 6월 감기는 개도 안 걸린다는데 왜
하필 이럴 때 저 사람은 몸살이 난 걸까요?

이탈리아에 와서 불안해하는 아이들과 나를 돌봐야 하는 책임감, 새로 시작하는 본인의 일, 이곳에서 적응하기 위해 신경 써야 했던 여러 가지 크고 작은 일들을 혼자 해낸 남편이었어요. 아이들이 집에 없자 마음의 한숨을 내뱉는 순간 몸의 긴장도 풀렸던 것이죠. 그 누구보다도 휴식이 필요했던 사람은 바로 남편이었어요.

그런데, 이불을 뒤집어쓰고 누워있는 남편이 애처롭고 불쌍해야 하는데, 나는 이 상황을 받아들일 수가 없었습니다. 너무 화가 났어요. 누워 있는 남편에게 소리를 지르고 화풀이를 했죠. 아무 반응 없는 그가 더 미웠어요.

그는 꼬박 이틀을 감기몸살로 앓더니 아이들이 돌아오는 날 회복되었어요. 그렇게 기다리던 둘만의 시간이 그는 이불을 끌어안으며, 나는 내 안의 화를 끌어안으며 지나가고 말았습니다.

아이들이 캠프에서 돌아오는 날, 대문에 풍선을 달고 〈얘들아~ 환영한다~〉는 플래카드를 크게 써 붙여 놓고 환영식을 준비했어요.

내가 쌍둥이의 새엄마를 선택했을 때 결심한 게 하나 있었습니다.

'나로 인해 새엄마는 악녀라는 이미지를 벗겨 내리라!'

그러나 점점 동화 속 못된 새엄마의 모습으로 변해가는 나를 보았죠. 아이들이 돌아오는 것이 반갑지 않았어요. 하지만 주위 사람들에게 특히 남편에게 내 마음을 들키고 싶지 않았습니다.

마음의 준비가 안된 상태에서 아이들을 품으려고 나는 발버둥을 치고 있었어요.

〈 슈라네 집 고소한 이야기 〉

둥지를 틀다

가을의 낮은 먹구름이 하늘을 묵직하게 누르고 있는 11월 초, 넓은 정원
에 아홉 집이 살고 있는 작은 아파트로 이사를 했어요. 우리가 원했던 방
두 개에 화장실 한 개. 큰 부엌과 거실이 있는 집이었죠.

집값이 저렴한 대신 토요일마다 아홉 집이 돌아가며 계단 청소를 해야
하고 정해진 날 함께 정원 정리를 해야 하는 규칙이 있지만, 집이 마음에
들었고, 관리비를 줄일 수 있다는 장점에, 그리고 무엇보다도 간절히 집
을 기다리고 있었기에 고민 없이 선택했습니다.

방이 하나 더 있는 집을 구하는데 많은 제약이 있었어요. 신문에서 집을
확인하고 부동산에 가면 집이 월세로 나갔다는 곳도 있었고, 우리가 외
국인인 걸 알고 집에 문제가 생겼다며 둘러대는 부동산 직원도 있었고,
급하게 집을 찾는 걸 눈치채고 우리에게 맞지 않은 큰 집을 터무니없는
가격으로 내놓는 곳도 있었죠.

도움이 필요했어요. 남편은 이탈리아 친구에게 어렵게 부탁을 했고, 일

주일도 안돼 괜찮은 동네에 빈 집이 있다는 반가운 연락에 무조건 달려가 6년 거주 계약을 했습니다.

남편 친구들과 대학 후배들이 엘리베이터 없는 4층 집을 오르락내리락하며 이사를 도와주고 있는데 벨 소리가 났어요. 열려있는 문 앞에 안경을 쓰고 정장을 깔끔하게 입은 40대 후반의 키 작은 아주머니가 서 있었죠.
"내가 20년째 이곳에 사는데 내 차를 세워 놓는 자리에 누군가 차를 세웠네요. 여기 있는 사람 중 하나인 것 같은데 차 좀 당장 빼줘요!"
당황하는 남편과 이탈리아 말을 알아듣지 못하는 나를 대신해 남편 친구인 쟈코모가 나섰어요.
"야! 네가 여기다 전세 냈냐? 너희 집 차고 앞도 아니고 다 함께 쓰는 단지에서 네 자리가 어디 있어?"
쟈코모는 외국인 친구가 무시당할까 봐 그랬는지 다소 거친 말로 대답하며 우리를 감싸주었습니다. 쟈코모는 성격이 급해 가끔 감정 조절이 안 되지만, 정이 많은 친구거든요.
아랫집 아주머니는 아무 말없이 내려갔고, 남편도 바로 차를 빼주었어요. 즐거웠던 이삿날이 이 사건으로 분위기가 썰렁해지고, 아랫집과 불편한 관계가 되고 말았죠.

이사한 시 2주 만에 경찰이 방문했어요. 거주자 신청을 하면 관할 경찰이 집으로 찾아와 식구들을 확인하는 절차가 있어요. 외국인뿐만 이니라 이탈리아 사람들에게도 하는 절차인데, 집에 경찰이 오는 건 왠지 반갑지 않았죠. 경찰은 아이들까지 모두 확인한 후 잠시 불편하게 해서 미안했다며 "이곳에서 사신다니 기쁩니다!"라는 인사를 하고 돌아갔어요.

낯선 땅에서 산다는 것은 만만한 일이 아니었어요. 둥지를 틀기 전 자리를 알아보기 위해 이곳저곳을 뛰어다녀야 하는 건 기본이고 텃세 부리는 사람들 사이에서 우리 가족을 지키기 위한 용감함과 담대함도 필요했죠. 햇빛에 마르기 전에 진흙을 옮겨야 하는 제비의 분주한 날갯짓이 우리에게도 있었고, 남의 집 처마 밑에 둥지를 틀고 사는 제비 가족처럼 우리는 이탈리아에 둥지를 틀었어요.

〈 슈라네 집 고소한 이야기 〉

결혼식

10월 초, 햇살이 내리쬐는 아침. 일찍 일어나 머리를 만지고 간단한 화장을 하고 한복을 입었어요. 고운 내 모습을 가만히 바라보는데, 왠지 모르게 울적해졌죠. 부모님 앞에서 축복받으며 결혼식을 하고 싶었는데… 결혼을 앞두고 한국에 계신 부모님께 전화를 드렸을 때 여러 가지 사정으로 참석하지 못한다고 하시던 말씀이 자꾸 귓가에 맴돌았습니다.

서운했지만, 한국에서라면 아버지가 장남이고 내가 장녀니 집안의 첫 번째 경사였을 텐데, 부모님 체면도 세워드리지 못하고 멀리서 떳떳하지 못한 결혼식을 하는 것 같아 죄송한 마음이 더 컸어요.

이런 마음을 알아채기라도 한 듯, 친구들이 아침 일찍 집으로 찾아왔습니다. 집은 갑자기 잔치 분위기가 되어버렸고, 다혜와 지혜는 한국에서 사온 한복을 입고 공주처럼 치맛자락을 펼치고 빙글빙글 돌며 즐거워했죠.

'이 아이들의 즐거움, 행복의 기대만큼 내가 이 가정을 잘 꾸려 나갈 수 있을까?'

나약한 마음을 다독이며 처음 살았던 동네 시청으로 향했습니다.

이탈리아 사람들은 보통 두 번의 결혼식을 해요. 시청에서 한 번, 교회에서 한 번. 시청에서 결혼식을 하기 전에 먼저 결혼 신청을 합니다. 그럼 결혼할 대상자의 이름, 출생지, 생년월일, 현재 거주지, 결혼 예정일 등이 적힌 종이 한 장이 시청 앞 게시판에 한 달 동안 공지돼요.
종이 아래에는 이런 글이 적혀있습니다.

[위 사람들이 결혼하려 하니 이의가 있는 사람은 정해진 기간 안에 신고하시오!]

외국 영화의 결혼식 장면이 떠오르지 않나요!
"이 결혼에 이의 있는 사람 있습니까?"
영화 속 주례자의 짓궂은 장난으로 생각했는데, 이탈리아의 결혼 법이었어요. 이의 신고가 받아들여지면 그 사람은 결혼할 수 없습니다.
지금은 전산으로 정리되어 호적등본 하나만 봐도 그 사람의 결혼 여부를 알 수 있지만, 전산화되기 전에는 사랑해서 결혼했는데 알고 보니 가정이 있는 사람이었다거나 서류상 미혼인데 동거인이나 아이가 있는 경우가 있어 이런 법이 만들어졌다고 해요.
시청 앞 게시판 공고는 아직도 행해지고 있어요. 어찌 보면 없어도 될 오래된 관행일 수 있으나, 인생의 중요한 결단을 하기 전에 한 달이라는 기다림의 시간을 갖는 것은 사랑을 더 깊게 하고 새로운 출발 선상에서 호흡을 정리하는 데 꼭 필요한 일이라고 생각합니다.

우리의 신원이 공개되어 동사무소 앞에 붙었고, 우리 결혼에 이의를 신청한 사람은 아무도 없었고, 우리는 시청에서 결혼하게 되었습니다.

식이 진행될수록 떨리고 긴장되었어요. 남편은 한번 해봐서 그런지 여유만만이었죠. 오히려 결혼을 주관하는 시장이 몹시 흥분해 있었어요. 이곳에서 외국인 부부가 결혼하는 것이 우리가 처음이었거든요. 시에서 부케도 준비해 주고, 결혼 선물이라며 연극 표 40장을 하객들에게 나누어 주었어요.

부모님, 일가친척 없는 우리 결혼식은 이탈리아 친구들이 많이 와주어서, 시장의 배려로 쓸쓸하지 않았습니다.

결혼식이 끝나고 근처 식당에서 식사를 하는데 긴장이 풀리면서 신랑 얼굴이 눈에 들어왔어요.

'아, 정말 이 사람과 결혼을 했구나. 내가 고집을 부려서 얻어 낸 말도 안 되는 선물. 남들이 뭐라 해도 나에게는 너무나 소중한 내 남편. 이 커다란 선물에 항상 만족하고 감사하며 살아가리라! 이제는 혼자가 아니니까. 그와 함께라면 어떠한 삶의 역경도 이겨낼 수 있으리라!'

자신감이 생겼어요.

남편과 아이들. 그리고 나. 우리는 이제 이탈리아에서 인정받은 한 가족이 되었습니다. 그리고 평범하지 않은 이탈리아 아줌마의 삶도 시작되었어요.

❋❋❋❋❋❋❋❋❋❋❋❋❋❋❋❋❋❋❋❋❋❋

조금씩 물들어가네.
이탈리아가 내 안에,
내 안에 이탈리아가
…

❋❋❋❋❋❋❋❋❋❋❋❋❋❋❋❋❋❋❋❋❋❋

슈라는 슈퍼우먼이다

이탈리아에 와서 '내가 외부인이구나.' 라는 생각을 처음 한 건 동네 상점 앞에서였습니다. 길을 가다가 가게 진열대에 있는 선글라스 하나가 눈에 들어와 가게에 들어가려 하니 점심시간도 아닌데 문을 잠그고 열어주질 않았죠. 집 앞 미용실도 마찬가지 였어요. 분명 안에서 머리 손질하는 사람들이 보이는데 문을 두드려도 열어주질 않았어요. 이 사람들과 다른 취급을 받고 있다는 생각에 자존심이 무척이나 상했습니다.

나중에 알았는데, 도둑이나 집시들이 많고 인적 뜸한 작은 마을에서는 마을 사람이나 소개받아 온 사람에게만 문을 열어준다고 하더군요. 처음 본 사람은 주인이 인상을 보고 믿을 수 있다 싶으면 문을 열어주고요.

은행도 이중 삼중 보안을 할 뿐만 아니라 잔고가 넉넉한 보증인과 함께 가야 계좌를 열 수 있었고, 동네 금은방도 철통 보안의 벽을 넘어야 작은 귀고리 하나를 살 수 있었습니다.

대형 슈퍼 안에 있는 작은 상점, 주요 도시나 관광지는 모든 시스템이 개

방돼있지만, 귀중품만 팔거나 여자 점원만 있는 가게에서는 아직도 벨을 눌러야 문을 열어주고 주인의 마음에 들어야 손님 대접을 받습니다.

그런 분위기에서 내가 외부인이라는 생각이 들지 않고 이런저런 눈치 볼 일도 없는 유일한 곳이 바로 슈퍼마켓이어요. 자연스럽게 슈퍼마켓에 자주 가게 되었죠. 살 게 많아서라기 보다는 시간이 많았어요. 일주일에 한두 번 장을 보는 것이 일반적인데 나는 우유 하나, 빵 하나 사러 거의 매일 슈퍼마켓에 갔습니다.
친구들은 내게 '슈퍼우먼'이라는 별명을 만들어주었어요. 엄마가 출근하는 곳이 슈퍼마켓이라 생각한 막내는 한때 장래 희망이 슈퍼마켓에서 일하는 사람이었죠. 사랑하는 엄마가 장 보는 것을 도와주고, 매일 엄마를 볼 수 있으니까요.

280L인 우리 집 냉장고는 언제나 꽉꽉 차있었어요. 여섯 식구 먹거리를 채우는 데에는 한계가 있었죠. 배달이 없는 이곳에서 신선도가 생명인 우유와 달걀, 냉동 고기와 생선을 보관할 공간이 한없이 부족했어요. 문이 양쪽으로 열리는 대형 냉장고가 필요했지만, 그럼 슈퍼마켓에 가는 내 작은 기쁨이 줄어들까 봐 냉장고를 바꾸는 일은 하지 않았습니다.

시식코너 하나 없고, 손님 몰이를 위해 소리 지르지 않아도 늘 사람들로 붐비는 곳. 한국에 없는 채소와 과일. 같은 부위를 다른 모양으로 잘라놓은 고기와 생선은 이탈리아 요리를 알아가는 데에 중요한 요소가

되었습니다.

이탈리아 말이 들리기 시작하면서 처음 보는 채소 이름이 무엇인지, 실로 꽁꽁 묶은 덩어리 고기는 어떻게 해먹는 건지 묻고, 귀동냥으로 레시피를 얻었죠. 슈퍼마켓 출근의 즐거움이었어요.

한 슈퍼마켓만 10년을 넘게 다니다보니 계산대 직원은 물론 일하는 사람들 거의 모두를 알게 되었습니다.

새로운 맛의 세계에 눈 뜨게 한 나의 오랜 친구 슈퍼마켓. 그래서 나는 슈퍼우먼입니다.

기다림 속에서 배우는 아이들

음식을 담아 어른에게 먼저 드리는 것. 우리나라 식사 예절이죠. 이탈리아에서는 어린아이부터 음식을 줍니다. 처음 이탈리아 가정집에 초대를 받았는데 집주인이 아이들에게 먼저 음식을 주어 조금 놀랐어요.

다혜, 지혜에게 받은 파스타 접시를 어른들께 먼저 드리라고 살며시 이야기했죠. 다혜, 지혜가 접시를 옮기려 하자 집주인은 아이들의 식사라며 놔두게 했어요.

나이가 제일 많은 어른 앞에 접시가 놓일 때까지 그 집 아이들은 앞에 있는 접시에 손을 대지 않았습니다. 아이가 먼저 먹으려고 하면 어른이 먼저 수저를 드실 때까지 기다리게 하거나, 먼저 먹어도 된다는 어른의 사인이 있을 때까지 기다리는 것이 그들의 식사 예절이었어요. 그리고 어른들과 아이들은 함께 식사하면서 어울려 이야기를 나누었죠.

"이탈리아 사람들은 왜 아이들에게 먼저 배식을 해?"
"당연히 아이들부터 줘야 식탁이 조용해지거든~"

〈 슈라네 집 고소한 이야기 〉

이탈리아 친구들에게 물어보니 오래전부터 내려오던 습관이라며 농담처럼 대답했어요.

그것도 맞는 말이었지만, 나는 나름대로 그 이유를 찾아봤습니다.

첫째, 뜨거운 음식일 경우 아이들의 접시가 식기를 기다리는 것이죠. 밀라노 사람들은 파스타보다는 리소토 종류나 국물이 살짝 들어간 수프를 더 즐깁니다. 아이들에게는 국물이 뜨거울 수 있으니 음식을 그릇에 퍼 놓고 기다리면 먹기 좋게 식지 않을까요?

둘째, 아이들이 싫어하는 재료나 향신료를 넣기 전에 먼저 아이들에게 준 후, 재료를 추가하고 향신료를 뿌려 어른들 것을 담으면 좋기 때문이죠. 이곳에서는 편식하는 아이에게 음식을 억지로 먹이지 않습니다. 부모가 노력은 하지만, 강제로 먹이지는 않죠. 강제라는 표현을 쓴 이유는 다혜가 한국에서 초등학교에 다닐 때 있었던 일 때문입니다.

어느 날 학교 급식으로 맵지 않은 육개장이 나왔어요. 그런데 반 친구 중 매운 것을 전혀 먹지 못하는 아이가 있었던 거죠. 그 아이는 국을 그대로 남겼는데 담임 선생님이 그 아이가 국을 다 먹을 때까지 다른 아이들을 점심시간에 나가 놀지 못하게 했어요. 결국, 그 아이는 반 친구들의 눈총을 받으며, 눈물을 흘리며 육개장을 다 먹었죠.

ㄱ 일 이후로 다혜는 선생님 눈을 피해 남긴 음식을 몰래 집으로 가지고 왔습니다. 깍두기를 휴지에 싸서 교복 주머니에 넣어 온 적도 있고, 정체불명의 음식 찌꺼기가 수저통에 들어 있곤 했죠. 이탈리아에 와서는 달

라진 입맛때문에 음식을 남기는 경우가 있었는데, 선생님도 싫어하는 음식은 먹지 않는다며 아이들을 안심시켰다고 합니다.

셋째, 작은 인내심을 배울 수 있기 때문이죠. 배고픈 아이들이 음식 앞에서 참고 기다리기란 보통 힘든 일이 아니에요. 어른들의 배식이 다 끝나고 식사 시작을 알리는 신호가 있기까지 짧은 시간이지만, 아이들은 그 집안의 서열을 알게 되고 참는 법을 배우게 됩니다.

아이들에게 먼저 밥을 주는 이탈리아의 식탁 문화가 처음에는 이해되지 않았지만, 세월이 지나니 나도 아이들을 먼저 챙겨 주는 습관이 생겼습니다. 식탁에 둘러앉아 아이들과 함께 이야기하고, 아이들의 이야기를 들어주고, 어른들의 대화를 기다리는 훈련이 반복되면서 아이들과의 관계도 깊어갔습니다.

〈 슈라네 집 고소한 이야기 〉

사과 박스가 궁금해!

남편이 어지럼증으로 4~5일 정도 입원했을 때에요. 원인이 귀에 있다
해서 남편은 이비인후과 병동에서 치료를 받았습니다. 친구들에게 특별
히 연락하지 않았지만, 다들 소식을 전해 듣고 찾아와 주었어요. 면회 시
간은 오후 4시부터 6시까지였는데, 부인인 나도 전해 줘야 할 개인 물품
이 있어야만 출입할 수 있었어요.

어느 날 목사님과 교회 분이 사과 상자와 배 상자를 들고 문병을 왔습니
다. 목사님과 함께 작은 목소리로 기도하고, 병실을 나가며 목례만 몇 번
씩 하는 우리를 병실 사람들은 심상치 않은 미소로 바라보았죠. 면회 시
간이 지나자 남편 옆 침대에 있는 사람이 남편에게 물었습니다.
"내가 한 가지 궁금한 것이 있어서 그러는데."
"음, 뭔데?!"
"아까 네 친구가 과일을 가져왔잖아. 그거 왜 가져온 거야? 네가 사과 먹
고 싶다고 사오라고 했어?"

"과일?"

남편도 의식하지 못했던 과일을 옆 침대에 있는 사람이 궁금해하더랍니다.

"우리는 문병 갈 때 빈손으로 가지 않고 과일이나 음료수를 사가서 위로하는 문화가 있어."

"그렇구나. 나는 네 부인이 과일가게에 과일을 배달시키는데 주소를 잘못 알려줘서 이곳으로 가져온 줄 알았다."

우리나라에서는 때를 가리지 않고 먹는 게 과일이지만, 이곳 사람들은 과일을 간단한 간식 또는 식사 후 먹는 후식으로 생각합니다. 차를 마시러 온 손님들에게 과일을 내놓으면 대부분 당황하죠. 그러니 두 명의 동양 남자가 과일 상자를 들고 병실에 들어왔을 때 옆에 있는 이탈리아 사람이 얼마나 놀랐겠어요. 다음날 다른 한국 분이 작은 사과 상자를 들고 병문안을 오자 남편과 옆 침대의 이탈리아 사람은 눈을 마주치고 빙그레 웃었습니다.

후에 이탈리아 친구들도 남편을 찾아왔어요. 모두 빈손으로 와서 잘 씻지도 못한 남편을 안아주고, 면도를 못해 까칠한 남편의 볼에 입맞춤을 하고, 농담을 해가며 함께 시간을 나누고 갔죠. 진실한 마음의 위로를 받아서인지 그들이 돌아간 후 남편 얼굴에는 평안함이 가득했습니다.

무언가를 든 손이건, 빈손이건 그것은 중요하지 않습니다. 진정한 위로의 마음, 사랑이 있는 병문안이라면 세상 어느 곳에서도 통하니까요.

〈 슈라네 집 고소한 이야기 〉

뚜껑만 선물한다고요?

얼마 전 친구 '누차'의 딸 '페데리카'가 결혼을 했습니다. 내가 이탈리아에 처음 왔을 때 중학생이었던 아이가 결혼을 하다니…. 세월이 유수 같다는 말이 정말 와 닿았어요.

누차와 페데리카는 결혼식 4주 전쯤 예쁘게 포장한 사탕을 들고 집으로 찾아왔어요. 결혼한다는 사실은 알고 있었지만, 우리에게까지 직접 찾아와주니 이탈리아에 사는 동안 친구 하나는 제대로 만났다는 생각에 고맙고 기뻤습니다.

보통 결혼식 전에 청첩장을 가져오면 결혼식 식사에 초대하는 것이고, 예쁘게 포장한 사탕 꾸러미만 가져오면 결혼을 축하해 달라는 의미입니다. 청첩장을 못 받았다고 기분 나쁘거나 속상해할 필요 없는, 이들의 결혼 문화죠.

우리와 다른 결혼 문화가 또 있어요. 결혼식 날 축의금 대신 결혼식 전에 미리 선물을 합니다. 다양한 선물 방법이 있지만, 대표적인 것이 리스타 디 노체(Lista di nozze)입니다.

예쁜 접시나 가전제품을 파는 가게 한 곳을 정해 신부가 갖고 싶은 제품 들을 선정하면 그 가게에서는 제품 목록과 가격을 잘 정리해 리스트를 만들어 놓습니다. 크게는 이십만 원 상당의 접시세트에서 작게는 만원 정도의 커피 수저세트와 토스터까지, 상품은 다양합니다.

친척이나 친구들은 가게에 찾아가 신부 이름을 확인한 후 목록을 보죠. 제품을 정하고 물건을 확인하고 비용을 지급한 후 간단한 축하 메시지와 함께 서명을 하면, 가게에서 신부에게 그 제품을 선물로 전달해주는 방 식입니다.

우리는 페데리카가 부담스러워 하지 않을 가격의 두툼하고 묵직한 프라 이팬을 골랐습니다. 그리고 팬 뚜껑을 찾았죠. 그랬더니 점원이 뚜껑은 이미 다른 사람이 선물했다는 거예요.

"뚜껑만 선물했다고요?"

팬에도 사용할 수 있고 냄비에도 사용할 수 있는 크기 별 뚜껑은 이미 리 스트에서 지워지고 없었습니다. 냄비나 팬 뚜껑만을 결혼 선물로 준다는 것도 신선한 충격이었죠.

페데리카의 결혼식 날. 신부의 아름다움은 드레스에서 오는 것이 아니라 는 것을, 사랑하고 사랑받고 있다는 아름다운 표정에서, 꿈과 희망으로 가득 찬 몸짓에서 아름다움의 진한 향기가 전해진다는 것을 나는 알았습 니다.

누차의 뒷모습이 눈에 들어왔어요. 아름다운 날들도 많고 헤쳐나가야 할 힘겨운 날들도 많을 결혼 생활. 여린 잎 같은 딸을 위해 기도하는 엄마의 간절한 모습에 뭉클했죠. 나라마다 결혼 문화는 달라도 딸을 보내는 엄마의 마음은 같을 것입니다.

아이들의 생일파티

초등학교 5학년, 잦은 전학으로 생일 초대 한 번 받아보지 못한 다혜는
며칠 전부터 친구 생일에 초대받았다며 흥분해있더니 파티에 다녀온 후
까지 들떠 있었습니다.

"뭐 먹었어?"

"생각이 잘 안 나."

"가서 뭐 했는데?"

"아이들하고 놀았어."

생일인 아이의 엄마가 어떤 음식으로 상다리가 휘어지게 차렸는지가 나
에게는 큰 관심사였습니다. 집에 돌아와 허겁지겁 저녁을 먹는 다혜에게
물었죠.

"케이크도 안 먹었어?"

"먹었어. 그런데 또 배고파."

생일 파티에 다녀온 아이가 배가 고프다는 밀에 제대로 대접도 받지 못
했나 싶어 기분이 좋지 않았습니다. 불쑥 생일 파티가 무엇인지 보여 주

고 싶은 생각이 들었어요.

"다혜야, 돌아오는 생일에 친구들 불러 파티할까?"

"지혜반 아이들까지 부르면 너무 많은데…."

"반 아이들 다 말고 친한 친구 2~3명 정도만 부르자."

2~3명만 초대한다 해도 쌍둥이 아이들이기에 오는 친구들은 배가 되지만, 그래도 뭔가 보여주고 싶어 생일 파티를 하기로 했습니다. 아이들이 좋아하는 메뉴를 정하고, 초대할 아이들을 정해 초대장을 만들어 전해주었죠.

드디어 아이들의 생일! 기분 좋게 아이들을 등교시키고 아침부터 음식을 준비했어요. 수업은 오후 4시에 끝나는데, 무엇인가 보여주겠다는 의지만큼 마음이 분주했습니다.

수업이 끝나는 시간에 맞춰 아이들을 데리고 왔어요. 몇 명의 엄마들도 집 앞까지 와서 파티가 끝나는 시간을 확인한 후 돌아갔죠.

다혜, 지혜까지 8명의 아이가 들어오니 집안은 꽉 찼습니다. 일단 아이들에게 신발을 벗으라고 이야기한 후, 손을 씻고 부엌으로 오라고 했죠. 신 벗는 것부터 익숙하지 않았던 아이들은 잔뜩 기대한 얼굴로 화장실에 가 손을 씻고 왔어요. 동양 사람 집에 처음 온 신기함, 호기심 가득한 아이들의 얼굴에 나도 흥분되었습니다.

노란 식탁보에 녹색 냅킨과 일회용 컵으로 장식한 식탁, 소시지에 꼬치 하나씩을 꽂아 튀긴 핫도그, 잘 손질한 닭 날개 튀김, 도넛, 만두 튀김,

쿠키 그리고 2~3종류의 샌드위치를 본 아이들은 탄성과 함께 이 음식이 무엇인지, 안에 뭐가 들어있는지, 모두 한국 사람들이 먹는 음식인지 묻고 또 물으며 정신없이 떠들어대기 시작했습니다.

'봤지? 생일상이 이 정도는 돼야지!'

그런데 그렇게 음식에 관심을 보이던 아이들이 음료수 한 잔에 쿠키 하나씩을 먹더니 서로 눈치를 보고 있는 거예요.

"더 안 먹니?"

"조금 있다가 생일 케이크 먹을래요."

며칠 전부터 메뉴를 정하고 정성 들여 만든 음식인데 먹지 않는 이유가 뭘까? 다른 나라 음식이라고 위생을 의심하는 걸까? 아이들 눈치를 살피는데 한 아이가 나에게 물었습니다.

"지금부터 우리는 뭐하면서 놀지요?"

초등학교 5학년이나 된 아이들이 알아서 놀아야지 그걸 왜 나에게 묻는지 내가 더 궁금했죠. 다혜, 지혜에게 방 구경도 시켜주고 알아서 놀라고 맡겨 두었습니다.

1월 말의 추운 날씨로 나가서 놀지도 못하게 하고, 한국에서 가져온 만화 홍길동 비디오를 틀어주며 한국을 조금 보여주려고 했건만, 익숙하지 않은 영상과 음악, 한국어로 된 만화는 아이들에게 흥미를 주지 못했어요.

한 시간이 지난 후 케이크에 촛불을 켜고 생일축하 노래를 불렀습니다. 아이들은 준비해온 선물과 생일카드를 읽고 잘라 놓은 케이크를 맛있게 먹었죠. 나는 아이들에게 만두와 도넛 등 튀김을 먹어보라고 다시 권했어요.

"저는 간식으로 튀김은 먹어본 적이 없는데요."

"그래? 그럼 간식으로 뭐 먹는데?"

"우유 한 컵이나 쿠키 그리고 아주 배고픈 날은 빠니노도 먹어요."

"저는 요구르트 아니면 과일을 먹어요."

이탈리아 아이들은 어려서부터 간식과 식사 시간을 철저히 구별하여 먹는 식습관을 가지고 있어서 튀김은 식사 때 먹는 음식이지 간식으로 먹는 음식이 아니었던 겁니다. 게다가 이탈리아 사람들은 닭고기를 튀겨 먹는 것을 즐기지 않아요. 이런 이유로 아이들은 튀김을 간식으로 먹는 것에 익숙하지 않았던 거죠.

생일파티가 끝나가는데 또 한 아이가 물었습니다.

"이제 뭐 하고 놀거야?"

다혜는 어색했는지 색종이로 종이학을 접어 아이들에게 하나씩 나눠줬어요. 신기하게 바라보던 아이들은 종이학을 손에 들고 엄마가 올 때까지 기다렸죠.

반가운 벨 소리가 들리고 엄마들은 나에게 초대해줘서 고맙다는 인사를 하고 아이들과 함께 집을 나섰습니다. 엘리베이터가 없는 4층 집이었기에 엄마와 아이들은 계단을 걸어 내려가야 했죠.

"뭐 하고 놀았어? 재미있었어?"

한 엄마가 내려가면서 아이에게 물었어요.

"그냥 그랬어!"

〈 슈라네 집 고소한 이야기 〉

울림이 있는 계단에 웅성거리는 아이들 목소리와 발소리가 뒤엉킨 속에서 "그냥 그랬어!"라는 대답이 선명하게 내 귀에 꽂혔습니다.

이탈리아 엄마는 생일파티에서 뭐 하고 놀았는지가 제일 궁금하구나. 나는 무엇을 먹었는지가 궁금한데….

옛날부터 잔칫집에 다녀온 어른들은 그 집 음식이 좋았네, 나빴네, 어땠네! 음식으로 잔치를 평가했던 것으로 기억합니다. 요즘도 생일에 초대되면 식사를 함께 하는 경우가 많으니 나는 음식이 생일파티에서 가장 중요하다 생각했죠.

도대체 이탈리아에서는 아이들 생일을 어떻게 차려줄까? 어떻길래 우리집에서는 그냥 그렇게 놀다 간 걸까? 이곳의 생일파티가 궁금하던 차에 지혜가 친구 생일에 초대를 받았습니다. 생일파티 2주 전에 초대장을 받았는데 초대장에는 올 수 있는지 아니면 못 오는지 연락을 취해 달라는 간단한 메시지가 적혀 있었죠. 아이를 통해 초대에 응한다 알리고, 학교 앞에서 초대한 아이의 엄마를 만났을 때 나도 지혜와 함께 생일파티에 가도 되는지 양해를 구해 보았습니다.

"물론이지!"

아이의 엄마는 흔쾌히 허락을 했죠.

나는 한국에서 가져온 양말 두 개를 포장해 '엄마가 된 날을 기념하며, 축하한다!'는 메시지와 함께 아이 엄마에게 선물했습니다. 작은 선물에 너무나 기뻐하고 고마워하는 아이 엄마 표정에 조금 쑥스러워졌을 때,

아이 아빠가 아이들에게 풍선을 불어주었습니다. 그리고 여러가지 놀이를 준비해 같이 놀기 시작했죠.

한쪽에는 간단히 차려놓은 간식이 있었어요. 1~2가지 과자와 미니 피자, 햄 하나를 넣은 차갑고 뻣뻣해 보이는 파니니, 물과 주스, 음료수를 준비해 놓고 아이들이 먹고 싶을 때 마음대로 와서 먹게 했죠. 가끔 목이 마를 때 음료수를 마실 뿐, 아이들 모두 노는 데 바빠 뭐하나 집어먹을 겨를이 없어 보였어요. 간식 먹는 시간도 아까울 만큼 땀을 흘리며 재미있게 노는 아이들과 함께 놀아주며 기뻐하는 부모의 모습 속에서 우리와는 다른 생일파티를 보았습니다. 그들이 아이의 생일을 축하해주는 방법은 함께 만드는 추억이었던 겁니다.

아이들과 놀아주던 아빠가 조금 지쳐 보이자 아이의 엄마가 두 개의 생일 케이크를 내놓았습니다. 하나는 생크림으로 예쁘게 장식된 제과점 케이크였고, 또 다른 하나는 할머니가 손수 만들어 보내주신 케이크였어요. 아이들은 생크림 케이크보다 할머니가 만든 케이크를 더 원했죠.
케이크를 먹으면서 아이의 엄마는 선물을 하나씩 풀어 보게 했어요. 먼저 생일카드를 큰소리로 읽게 하고, 아이들이 보는 자리에서 선물을 풀고, 고마움의 표시로 볼에 입맞춤하게 했습니다. 선물을 다 열어보고 받은 선물들을 가지고 아이들은 또 놀았어요.
생일을 맞은 부모는 고마움의 표현으로 아이늘 목에 길 수 있는 볼펜을 하나씩 포장해 나누어주었고, 엄마들이 데리러 오자 아이들은 헤어지는

것을 아쉬워하며 인사를 나누었죠. 3~4시간 정도의 생일파티였지만, 아빠 엄마가 최선을 다해 놀아주는 모습이 정말 인상 깊었습니다.

아픔의 끝이 전해준 생명의 경의에 대한 경험이 없던 나에게 아이들 생일은 잘 차려줘야 한다는 의무와 책임만 있었어요. 내 자격지심에서 시도했던 보여주기식 생일파티는 오히려 아이들의 마음에 다가가지 못하는 의미 없는 이벤트였음을, 아이들 눈높이에 맞춘 이들의 생일파티를 보고 깨닫게 되었습니다.

특별함:
보통의 일상이
겹겹이 쌓여가는 것!

계절의 감각, 여름엔 창문을 꼭 닫고

4월, 빛 좋은 봄날이면 창문을 활짝 열고 집 안으로 흩어지는 햇빛을 모두 담아내고 싶어집니다. 따뜻한 봄빛에 숨어있던 겨울 먼지가 고개 들고 나와 춤추는 것이 싫지 않은 날, 창문 활짝 열고 청소를 해요. 청소에 한 가지 난 코스가 있다면 창문 밖에 붙어 있는 빗살 무늬 덧문을 닦는 일. 밖에서 보면 운치 있는 이 덧문은 쉽게 먼지가 쌓여 젓가락을 대고 한나절 동안 닦아야 합니다. 우리 집이라면 당장 떼어 버릴 텐데…. 덧문에 먼지가 쌓이지 않도록 늘 털어내고 닦는 이탈리아 사람들은 참 부지런해요.

옆집에 사는 안젤라는 해가 강하게 비추는 여름이면 정오부터 해가 질 때까지 창문을 꼭 닫고 있습니다. 낮잠도 자고, 시원한 쌀 샐러드와 파스타를 먹으며 어두컴컴한 집안에서 더위를 즐기다 해가 지기 시작하면 창문을 엽니다.
"엄마! 할머니 집은 에어컨을 틀어 놓은 것처럼 시원해."

〈 슈라네 집 고소한 이야기 〉

아이들은 우리 집에 있다가 더우면 안젤라 집으로 피서를 가곤 했어요.

"왜 문을 다 열어 놓고 있어! 이렇게 더운 날?"

안젤라는 물론 집에 오는 친구들도 창문을 닫고 지내라며 잔소리했지만, 난 듣지 않았습니다.

'계절의 감각'이라고 해야 하나요? 한낮에 집안이 어두워지는 것이 익숙하지 않아 7, 8월 한창 더울 때도 늘 창문을 열어 놓고 사는 나에게 여름의 강한 햇빛을 차단하기 위해 창문과 덧문까지 닫고 생활하라는 말은 20년 넘게 살아온 내 여름 색을 바꾸라는 강요 같았어요.

이태리에 산지 10년이 지나서야 창문을 닫고 어두운 집안에서 여름을 보내는 감각이 생겼지만, 햇볕 내리쬐는 여름엔 어렸을 때 살았던, 사방이 트여 바람 잘 통하는 한옥이 시원한 냉면 한 그릇보다 더 그립습니다.

이탈리아 남자, 맘모네

'맘모네(mammone)'

이탈리아 남자들은 세계인들이 인정하는 명품 마마보이, 맘모네가 많습
니다. 자유분방하고 자신감 넘치고 바람둥이 기질이 다분하죠. 엄마와
할머니의 사랑을 너무 많이 받으며 자랐기 때문이라는데 그래서인지 여
자들을 좋아하고 존경해요. 지나친 친절에 가끔 의심이 갈 때도 있지만,
여자들에게 관대하고 용감합니다.

맘모네들은 대부분 쇼핑을 즐깁니다. 어려서부터 엄마와 쇼핑을 많이 해
그때부터 익힌 감각으로 천의 소재를 확인하고 디자인을 살피며 옷을 고
르죠. 집안의 크고 작은 인테리어 제품을 여자와 함께 상의해 구입하고,
집안에 관한 모든 부분을 적극적으로 도와줍니다.

개성 있는 패션과 인테리어 감각을 인정받고 싶어 하는 그들이 본인만의
감각을 빛내고 싶어 하는 곳이 있는데, 바로 주방입니다. 여자들과 함께

재료를 다듬고, 음식을 만들고, 접시를 닦고, 주방을 정리하고, 새로운 레시피로 요리하는 것을 두려워하지 않아요. 주방에서 늘 자신 있어 보이는 이들이 바로 명품 맘모네들이죠. 가족이나 친구들을 초대해보면 부엌에서 수다 떠는 남자들로 모임이 더 즐거워질 때가 있습니다.

맘모네는 여자보다 더 감성적이고 달변입니다. 학교에서 필기시험보다 말하기 시험에 더 비중을 둬서 이탈리아 사람들이 말을 잘한다지만, 아이들의 말을 존중하며 잘 들어 주는 이탈리아 엄마들의 힘일 거예요. 누군가가 자신의 말에 귀 기울여줄 때 자존감도 높아지고 사회생활이나 인간관계에 자신감을 갖게 되니까요.

간혹 엄마의 들어주기식 대화에 잘못 길든 남자들은 일방통행적인 수다로 유치한 말다툼을 벌이는데, 그럴 때에는 더 긴 수다로 화해를 합니다. 지켜보면 참 재미있어요.

가족들과 식사하기를 즐기고, 엄마의 음식 맛을 행복으로 여기며 사는 맘모네들의 수다 속에서 나는 인간미를 느낍니다. 이들을 만나면 이상하게 나도 이탈리아 말이 술술 나오고, 멋진 표현도 자연스럽게 나오니 이들을 좋아하지 않을 수가 없어요.

그런데 요즘 이탈리아에는 엄마와 함께 사는 남자들이 심각할 정도로 늘고 있어요. 연애, 동거는 해도 결혼은 안 하는 추세죠. 경제적인 독립이 안 되는 문제도 있지만, 가정을 책임진다는 것에 심적 부담을 느끼기 때문이라고 합니다. 여성을 존중하는 마음에 책임감까지 더해진다면 정말 더 멋진 맘모네가 될 텐데 말이에요.

〈 슈라네 집 고소한 이야기 〉

도둑, 경찰 그리고 신문기자

"도, 도, 도둑이야!!!"

정원과 연결된 문 앞에 웅크리고 앉아 창문을 들어 올리는 검은 물체를 보고 다혜가 소리쳤어요. 그 소리에 도둑은 부랴부랴 도망을 갔고, 다혜는 위층에 사는 노부부에게 달려가 도움을 청했죠. 집에는 다혜와 지혜 둘뿐이었어요. 위층 할아버지는 단지 관리인에게 이 사실을 알리고 경찰에게도 신고해야 하니 부모님에게 어서 연락하라고 했죠.

서둘러 집으로 돌아온 나는 너무 놀라 침대에 누워 호흡을 가다듬고 있는 다혜를 다독였어요. 다혜 전화를 받은 남편은 도둑이 집에 들어온 것도 아니고 소란스럽게 하고 싶지 않다며 신고하지 말자고 했죠. 하지만 신고하면 경찰이 관심을 두고 자주 순찰을 해 안전할 수 있다는 남편 회사 동료의 설득에 신고를 했습니다.

신고 후 20분 정도 지나자 경찰 두 명이 집에 왔습니다. 한 명은 무표정하게 집을 둘러보고, 다른 한 명은 우리에게 상황 설명을 듣고 남부 억양으로 농담도 하며 집에 대해 이것저것 물어보았죠. 경찰은 성격이 전혀 다른 두 명이 파트너가 되어 한 명은 나쁜 역을, 다른 한 명은 좋은 역을 한다는 이탈리아 유머가 생각났습니다.

유머보다 더 재미있는 건 '왜 도둑이 들었는가!'에 대한 경찰의 추리력이 었어요. 다혜, 지혜 그리고 나는 키도 비슷하고 모두 안경을 썼어요. 도둑은 우리 셋을 한 사람으로 파악해 내가 나가는 걸 확인하고 집에 들어왔다는 것이었어요. 그리고 도둑의 결정적인 실수는 우리 집에 쌍둥이가 있다는 것을 파악 못 했다는 것이었죠. 울어야 할 상황에서 웃고 말았습니다.

"어제 이 단지에 도둑이 들어왔다는데 그 이야기를 나눌 수 있을까요?"

다음 날에는 신문기자가 찾아왔습니다. 이 사건의 하이라이트였죠. 다혜는 도둑이 집에 들어온 것도 아니고 어제의 상황을 떠올리고 싶지 않아 인터뷰를 거절했어요.

도둑이 들어올 뻔한 일로 경찰이 출동하고 신문기자까지 찾아오는 이탈리아가 나는 참 재미있고 좋습니다. 이런 일화를 식탁에 둘러앉아 간식 꺼내 먹듯 얘기하며 웃을 수 있으니까요.

〈 슈라네 집 고소한 이야기 〉

지중해 뜨거운 태양에 타들어 가는 내 마음

방학이 되면 엄마들의 걱정은 한 가지입니다. 아이들과 방학을 잘 보내야 한다는 것.

이탈리아 엄마들은 방학이 시작되기 두세 달 전부터 예약해 놓는 게 있는데, 학원도 아니고 캠프도 아닌 가족 휴가입니다. 짧게는 10일, 길게는 두 달 정도의 휴가를 아이들과 보낼 계획을 세워요. 아이들과 여행을 하고 함께 방학을 보내는 것이 무척 중요한 일이죠.

이탈리아의 방학 숙제는 우리나라의 방학 숙제와 비교하면 일주일 공부량 정도입니다. 그런데도 어떤 엄마는 가족여행을 가야 하니 방학 숙제를 내주지 않으면 좋겠다는 의견을 선생님에게 전하기도 합니다. 아이들이 공부를 잘하기를 원하지만, 강요하지 않고 오히려 가족모임이나 친구들과의 관계를 더 중요하게 생각하는 편이라 할까요.

주말동안의 이런저런 가족동반 모임으로 월요일에 힘들어하거나 숙제를 못 하는 아이들도 있지만, 공부는 하고 싶은 아이들만 하고 대부분의 아이들은 각자의 재능을 키우는 데 더 열심입니다.

이탈리아에서는 학년이 올라갈수록 귀가 시간이 빠릅니다. 학교는 배우는 곳이고 공부는 집에서 필요에 따라 스스로 하라는 거죠.

또 한 가지 드문 경우지만, 초등학교부터 학습능력이 안되는 아이는 유급이 됩니다. 우리 아이가 초등학교에 다닐 때, 반 아이 중 한 명이 부모의 요청으로 유급이 된 일이 있었어요. 구구단을 외우지 못하고 국어 학습능력이 떨어지는 이 아이의 엄마는 생일이 빨라 아이가 좀 늦는 것 같다며 3학년에 올려보내지 않고 2학년을 다시 다니게 했죠. 중학생이 된 이후 그 아이는 수업능력이 뛰어난 모범생이 되었습니다.

학습능력 부족으로 유급되는 상황은 아이나 부모의 자존심이 걸린 문제일 법도 한데, 이곳 부모와 아이들은 다른 사람의 시선은 의식하지 않습니다. 여유 시간이라 여기며 마음을 잡고 공부에 다시 흥미를 갖는 아이도 있습니다.

방학이면 다음 학기, 다음 학년 준비로 긴장했던 내 학창 시절을 떠올리며 아이들도 방학 때 학습준비를 해야 한다고 생각했습니다. 하지만 아이들과 함께 즐거운 방학을 보내려고 노력하는 이탈리아 부모들을 보면서 이것이 더 나은 교육이라 믿게 됐죠.

3개월의 긴 여름방학 동안 아이들을 마음껏 놀게 했습니다. 지중해 뜨거운 태양 아래에서 신나게 노는 아이들 모습이 좋으면서도 '아~ 공부해야 하는데….' 차마 버릴 수 없는 걱정으로 내 마음은 타들어 갔습니다.

〈 슈라네 집 고소한 이야기 〉

상품 없는 체육행사

마을 주민이 6,200명 정도 되는 우리 동네, 상민이가 다니는 유치원에는 180명 정도의 아이들이 있습니다. 한 반에 20명 정도인데, 세 살부터 다섯 살까지 서로 다른 나이의 아이들을 두 명의 선생님이 가르칩니다.

세 살, 1학년으로 유치원에 들어가면 선생님은 동성의 다섯 살, 3학년 아이랑 짝을 지어 줍니다. 짝이 되면 3학년 아이는 이제 막 입학한 1학년 아이의 손을 잡고 유치원 이곳저곳을 구경시키고, 화장실도 함께 가고, 놀이터에 가서 놀아줍니다. 1학년 아이가 유치원 생활을 잘할 수 있게 3학년 아이는 이렇게 1년을 도와줍니다.

우리 집 막내 상민이가 집에 놀러 온 자기보다 어린 동생을 보살피고 놀아주는 모습을 보고 유치원에서 배운 교육 효과임을 알았어요.

요즘 아이가 하나인 집이 많아 관계성을 배울 기회가 없는데, 나이가 다른 아이들이 함께 생활하며 자연스럽게 배려하는 법을 배우니 매우 좋은 교육 방법이죠.

〈 슈라네 집 고소한 이야기 〉

유치원에서는 한 학기를 마무리하며 체육 행사를 크게 합니다. 많은 부모님의 참석을 위해 토요일 저녁 7시에 하는데, 1년 동안 체육 시간에 선생님과 했던 것을 부모님께 보여주는 날입니다.

교장 선생님의 간단한 인사말을 시작으로 2m 길이의 외나무 타기, 매트리스 위에서 몸 구르기, 원통 통과하기 등 두 명씩 짝이 되어 뛰고 달리는데, 아이들이 한 코스를 마칠 때마다 관중석에서는 요란스럽게 손뼉 치며 아이의 이름을 부르고, 코~리(CORI, 달려라)를 외치며 힘을 실어줍니다.

이날 박수를 가장 많이 받은 아이는 소아마비로 다리가 불편하지만, 뒤뚱거리면서도 끝까지 뛴 아랍계의 남자아이였어요. 나 역시 조금이라도 격려가 되었으면 하는 마음에 있는 힘껏 손뼉을 쳤죠. 체육관에 모인 모든 이가 같은 마음이었을 거예요.

반별 달리기가 시작되었습니다. 반별로 색이 다른 천을 건네받으면 아이들은 장애물을 피해 뛰어요. 간혹 아이가 넘어지기라도 하면 체육관이 떠나갈 듯 소리쳐 응원하는데, 내 어린 시절 운동회가 생각나 사람 사는 모습은 어디서나 같음을 느꼈습니다.

부모들은 자기 아이가 속해 있는 반이 달리자 아이 이름을 부르며 더 열심히 응원했어요. 상민이가 뛸 때는 나도 모르는 한 아빠가 상민이의 이름을 외쳐 깜짝 놀랐죠. 나는 상민이랑 친한 친구 3~4명 이름만 아는데, 대부분의 부모가 같은 반 아이들 이름을 다 알고 있었어요. 자기 아이가 아니어도 같은 반 아이가 뛰면 다 같이 그 아이 이름을 부르며 응원하는데, 마음이 뜨거워졌습니다.

일등도 없고, 꼴등도 없고, 상품 하나 없는 달리기에 아이들과 부모들은
서로 응원하며 밤이 깊도록 하나가 되어 갔습니다. 모든 행사가 끝나고
뜨거웠던 열기를 식히며 아쉬운 마음을 안고 돌아가는 아이들에게 교장
선생님은 아이스크림을 하나씩 나눠주었는데, 달콤하고 따뜻한 그 마음
에 절로 미소가 지어졌습니다.

이탈리아의 유명인사 소매치기

이탈리아에 온 지 1년 정도 됐을 때, 한국에서 동생과 고모부가 여행을
왔습니다. 반가움도 컸고, 친정식구의 방문은 처음이라 내가 사는 모습
을 잘 보여주고 싶은 마음에 긴장도 되었죠. 밀라노 시내 관광을 하기
전, 동생과 고모부에게 주의사항을 알려주었어요.

첫째. 친절한 배려는 할 필요가 없다! 이곳에서는 친절이 소매치기나 도
둑으로 의심받을 수 있는 행동이니 하지 않는 것이 좋습니다.

둘째. 레스토랑, 카페에서 팁을 줄 필요가 없다! 이탈리아에서 팁은 자
릿값의 의미가 더 커요. 특히 관광지에서는 계산서에 자릿값이 포함되어
있어 따로 팁을 내지 않아도 됩니다.

셋째. 소매치기를 정말 조심해야 한다! 이것은 아무리 강조해도 지나치
지 않는 중요한 사항이죠.

유럽에 처음 온 동생에게 누나이자 경험자로서 자신 있게 조언했습니다.
밀라노 두오모 성당에 도착한 고모부와 동생은 넓은 광장에 웅장하고 위
엄있게 서 있는 성당을 보고 놀란 표정이었습니다. 하얀 대리석으로 장

식한 교회 건물의 아기자기한 조각 작품부터 큼직한 성인들의 조각상까지 어느 곳 하나 그냥 지나치지 않고 다 눈에 담고 있었죠. 마치 내가 만든 듯 뿌듯했습니다.

남편은 며칠 전부터 찾아보았던 두오모 성당 이야기를 풀어놓으며 고모부와 동생의 가이드를 하고 있었고, 다혜와 지혜는 성당 앞 광장 비둘기들에게 쌀을 뿌려주며 즐거워하고 있었어요. 나는 경호원처럼 집시와 비슷한 무리가 오면 동생과 고모부를 조심시키고, 비둘기 밥을 팔러 오는 아랍인들에게 차가운 말투로 대꾸하며 멀리 보냈죠.

점심시간이 되었어요. 남편은 제대로 된 레스토랑에서 식사를 하자고 했지만, 근처에서 간단히 먹자는 내 의견을 따라 햄버거 가게로 향했습니다.

"이제 카메라는 필요 없으니까 누나에게 맡기고, 자기도 핸드폰 나에게 줘요."

동생 카메라와 남편 핸드폰을 받아 가방에 넣고 관광객들로 북적이는 햄버거 가게에 겨우 자리를 잡고 앉았습니다. 그런데 시간이 한참 지나도 주문하러 간 남편과 동생이 오지 않는 거예요. 궁금한 마음에 찾으러 가니 남편이 막 계산을 하고 있더군요.

"돈 모자라지 않아요?"

순간 나는 습관처럼 가방에서 지갑을 꺼냈습니다.

"아니. 충분해!"

남편의 대답에 지갑을 가방에 넣고, 끈 짧은 가방을 어깨에 메고, 네모난 쟁반을 양손에 들고, 음료수가 쏟아지지 않게 조심히, 소나기 피하듯 사

람들을 지나 자리에 앉았습니다. 쟁반을 탁자에 내려놓았는데 몸이 가볍
다 못해 허전했어요.

'앗! 가방이 없다. 지갑도 아니고 어깨에 메고 있던 가방이 통째로 없다!'
칼로 가방끈을 잘라갔는데 전혀 느끼지 못했다니 식은땀이 나고 소름이
끼쳤습니다.

남편은 주위 사람들을 살피기 시작했습니다. 햄버거 가게 입구에 두 명
의 경호원이 있었죠. 남편은 경호원들에게 가방을 소매치기 당했다는 상
황 설명을 하고 전화기를 빌려달라고 부탁했습니다.

소매치기가 이 안에 있다면 분명 전화벨이 울릴 거라 기대했지만, 벨 소
리는 들리지 않고 2~3번 신호가 가더니 전화기는 꺼져버렸죠. 남편은
경호원에게 차분히 이야기했어요.

"당신들이 여기에 있는데 어떻게 이런 일이 생겼는지 나는 이해가 가지
않네요. 돈 잃어버린 것은 괜찮은데, 그 가방 안에는 여행하면서 찍은 필
름과 운전면허증, 신분증이 있어요. 나는 그것들만 돌려받으면 됩니다.
당신들도 알잖아요? 여기에서 서류 한 번 신청하고 받기까지 얼마나 복
잡하고 많은 시간이 걸리는지."

남편의 이야기에 경호원이 말했어요.

"나도 미안하게 생각하지만 어떻게 도와줄 수가 없네요!"

신분증을 다시 발급받아야 하는 외국인의 사정을 경호원이 알아줄 리가
없죠.

"자기 업무를 제대로 하지 못한 죄를 물으면 몰라도, 저 사람들이 뭘 안

다고 그런 이야기를 해?"

"저 사람들이 하루 종일 이곳에서 하는 일이 사람들 보는 일이야. 늘 이곳에 있는데 매일 지나다니는 소매치기 하나 못 잡아낼 것 같아? 저들은 분명히 소매치기와 한 팀이야!"

그 말을 들으니 또 그런 것 같았습니다. 당황하는 나와는 달리 상황을 잘 정리하고 처리하는 남편이 믿음직스러웠죠.

'5분 전으로 시간을 돌릴 수만 있다면…. 남편 말대로 레스토랑에서 식사를 했다면 이런 일은 없었을 텐데…. 조금 전 상점에서 봤던 가방이라도 샀다면 이렇게 후회스럽지 않을 텐데….' 기억하고 싶지 않은 상황이 뿌연 연기처럼 머릿속에 피어 올랐습니다.

내 눈치만 살피는 동생과 고모부에게 미안했고, 이탈리아에 1년 살았으면서 이탈리아를 다 아는 것처럼 떠들어댔던 내 모습이 부끄러웠습니다.

점심을 먹는 둥 마는 둥 마무리 짓고 우리는 조용히 집으로 향했죠.

"몸만 상하지 않았으면 됐어. 이런 일은 빨리 잊어버리자!"

고모부 말씀에 노력은 해보았지만, 쉽지 않았어요. 소매치기는 필름에 남긴 남매의 밀라노 추억을 훔쳤고, 내가 몇 주 전부터 준비한 동생과의 밀라노 여행을 망쳐버렸으니까요.

1주일 정도 지나 우편물 하나가 집에 도착했어요. A4용지 절반만한 누런 봉투에 보낸 이가 밀라노의 한 우체국으로 되어있었습니다. 혹시 벌금이라도 날아왔나… 봉투를 열어보았는데, 세상에! 내 운전면허증과

〈 슈라네 집 고소한 이야기 〉

이탈리아 주민등록증, 그리고 동생 카메라 안에 있던 필름이 고스란히 들어있는 거예요!

누군가에게 뒤통수 한 대 세게 얻어맞고 바로 미안하다며 머리를 쓰다듬 당하는 듯한 황당함을 느꼈습니다. 남편의 말대로 햄버거 가게 경호원들은 소매치기들과 서로 연락이 되었던 거죠. 우편물을 받고 소매치기보다 경호원들 얼굴이 끔찍하게 떠올랐어요. 비록 남의 물건을 훔치며 생활하는 소매치기지만, 한 줄기 양심은 남아있는 인간이었음에 조금은 감사했죠.

많은 여행자가 이탈리아의 수많은 유적지를 돌아보며 문화유산에 한 번 놀라고, 소매치기의 놀라운 손놀림에 또 한 번 놀란다고 합니다. 이탈리아의 유명인사 소매치기를 만나 아찔했던 그날을 떠올리며 오늘노 웃어봅니다.

배려하는 마음, 패션의 도시 밀라노

연애 시절 밀라노 유학 생활 이야기를 할 때 유독 눈이 빛났던 남편을 보며, 나도 모르게 밀라노에서의 삶을 은근히 꿈꿔보던 때가 있었습니다. 웅장하고 화려하지만, 절제된 아름다움과 심플한 멋이 살아있는 이탈리아 제2의 도시. 내가 대학 시절 만났던 밀라노예요.

그런 밀라노에서 남편은 10년 동안 성악 공부를 했습니다. 유학비를 벌기 위해 열심히 땀 흘리고 뛰었겠지요. 170cm도 안 되는 단신이지만, 나에겐 밀라노 두오모 성당보다 웅장하고 섬세한 남편이 좋아하는 도시 밀라노. 그래서 나도 밀라노가 좋습니다.

밀라노 하면 왠지 명품도시 같은 느낌이 든다는데, 거리를 다니다 보면 패션의 도시답게 옷을 잘 입은 사람들이 참 많아요. 잘 입는다는 기준이 사람마다 다르지만, 유행과 변화의 흐름에 영향 받지 않는 자신만의 개성이 녹아있고 무엇보다 사람을 배려하는 마음이 있습니다.

우리 집으로 오는 길목에 끝이 보이지 않을 정도로 큰 정원이 있는 주택이 있어요. 이탈리아 북쪽 지방에 140개의 대형 슈퍼를 대를 이어 유지하고 있는 에셀룽가(ESSELUNGA) 사장의 집이에요. 주말이면 가족들이 이 집에 오는데, 에셀룽가의 며느리는 올망졸망한 아이들 셋을 태운 빨간색 봉고차를 직접 운전해 집으로 들어갑니다. 그녀는 아이들과 동네 산책을 하며 만나는 사람들과 인사를 나누는데, 그녀가 그 집에 드나드는 것을 보지 않았더라면 나는 그녀가 그 집 며느리라고는 상상하지 못했을 거예요. 세 아이와 함께 걸어가는 그녀의 모습에서 보통의 엄마가 보였고, 너무나도 평범한 그녀의 모습에서 나와 같은 아줌마라는 기분 좋은 동질감을 느꼈다고 할까요.

15년을 알고 지내는 포멜리도 밀라노에서 평범하지 않은 상류계급에 속하지만, 평범한 삶을 추구하는 아줌마입니다. 긴 머리, 블라우스에 일자바지. 15년째 같은 몸매에 같은 머리, 같은 스타일의 옷을 입는 그녀에게서는 남다른 멋이 느껴져요. 옷에 맞는 품위가 그녀의 말이나 작은 행동에서 흘러 넘치고요.

내가 그녀와 그녀의 남편에게 놀란 것이 있습니다. 아이들을 돌봐주는 도우미를 18년째 한 사람을 쓰고 있다는 사실. 오랜 시간 정이 들어 바꿀 수 없다고 이야기하지만, 집에 들인 사람과 동고동락하는 따뜻한 마음을 느낄 수 있었어요.

사업가인 그녀의 남편은 옷을 살 때 같은 색, 같은 디자인으로 세 번을 산다고 해요. 옷이 굉장히 마음에 들었나 보다 생각했는데, 대답은 의외

였어요.

"회사 갈 때 입으려고."

출근할 때 직원들이 그의 한결같은 옷을 보면 그도 자신들과 같다는 동질감을 느낀다고 해요. 사장이지만 그들과 함께 일하고 있다는 이미지를 주려고 계속 노력하는데, 사업가였던 그의 아버지에게 물려받은 정신적 유산이라고 합니다. 같은 장소에서 함께 있는 사람들을 배려하는 마음.

하지만 그가 언제나 같은 옷을 입는 것은 아니에요. 때와 장소에 따라 옷 스타일은 달라집니다. 사업하는 친구들을 만날 때는 고급스러움과 편안함을 유지하는 옷을, 상류층 모임인 로터리클럽에 갈 때는 격조 넘치는 중후한 옷을, 그리고 출근할 때는 노동자의 자세로 검소한 옷을 입어요. 대를 이어 사업하는 이들의 옷 입는 공식이라고 합니다.

검소한 옷을 입는다고 이들이 저렴한 가게에서 생산지도 불분명한 옷을 입는 것은 아니에요. 이들이 즐겨 찾는 그들만의 명품이 있어요.

살롱 문화가 발달된 이탈리아에는 고급 백화점이 하나뿐이에요. 아르마니가 점원으로 일했던 리나센테(la Rinasente) 백화점인데, 이들은 몇 년을 거래하는 가게에서 친해진 주인과 안부도 묻고 수다도 떨고 대접도 받아가며 옷을 삽니다. 앞에서 이야기한 포멜리가 아이들을 돌봐주는 도우미를 18년째 고용하고 있는 것처럼 의상을 고를 때에도 그들의 한결같은 의리를 느낄 수 있어요.

밀라노 부자들이 즐겨 입는 정장, 와이셔츠는 대부분 맞춤이에요. 옷을 맞춰서 입을 경우 옷감을 고르고 사이즈를 재고 다시 찾아가 가봉을 하고 또 찾아가 옷이 잘 만들어졌나 확인해요. 번거롭지만, 그럼으로써 그들만의 감각으로 완성된 하나밖에 없는 옷이 됩니다.

이들의 맞춤 정장 안쪽 주머니나 와이셔츠 갈비뼈 끝쪽을 자세히 보면 아주 멋진 필기체로 새겨진 고급스러운 로고가 있어요. 옷을 생산한 업체의 전통 있는 로고도 전문 디자이너의 서명도 아닌, 옷을 입는 사람 이름의 약자를 새겨 넣은 건데, 이것이 밀라노 부자들 패션의 비밀입니다. 그들에게 명품은 자기 자신인 것이죠. 이탈리아에서 만들어진 수많은 명품의 로고가 바로 자신의 성(姓)을 따서 만드는 것처럼 이들에게는 대를 이어오는 이름, 가문이 그들의 자부심이랍니다.

자신을 사랑하는 마음. 그 안에서 넘치는 그들만의 자신감. 무엇보다 남을 배려하는 넉넉한 마음이 밀라노를 패션의 도시로 만든 힘이 아닐까요! 사람이 입는 옷에 사람의 마음을 고스란히 담은 밀라노의 패션. 그래서 나는 밀라노가 좋습니다.

조각조각 떨어졌어도,
원래 동그란
한 판이었단다

새엄마에서 헌엄마가 되기까지

새엄마로 산다는 것

쌍둥이 아이의 새엄마로 살면서 나를 가장 힘들게 했던 것이 있었습니다. 처음에는 남편의 지극한 아이들 사랑에 드러내지 못하는 질투심으로 내가 점점 변해가고 있다고 생각했죠. 그러나 긴 방황 끝에 나를 힘들게 만들었던 장애물을 찾았습니다. 장애물은 아이들도, 남편도, 시어머니도, 시댁식구들도 아닌 바로 나 자신이었어요.

아무리 노력해도 아이들을 사랑하는 마음이 생기지 않았습니다. 내가 사랑하는 남자의 보물을 나는 잘 지키고 빛나게 키워야 한다는 의무와 책임감만 있었을 뿐이었고, 그것들이 나를 더 힘들게 했던 거죠.

스물네 살에 아홉 살짜리 두 아이의 새엄마. 한국에 있을 때는 내가 철없는 엄마 또는 어디가 좀 부족한 엄마로 보였나 봐요. 한국을 떠나올 때 많은 분들이 아이들 키우는 방법에 대해 조언을 해주었죠. 하지만 와 닿지 않았습니다.

아이들은 예의가 있어야 해! 아이들은 잘 시간에 자고 먹을 시간에 먹어야 해! 아이들이 잘못했을 경우 무섭게 매를 들어야 해. 그래야 알아들어!

내 고집스러운 교육적 사고방식이 더 효과적이라고 생각해 여러 가지 규칙들을 만들어 놓고 그 틀에 아이들을 적용하기 시작했습니다. 다혜, 지혜가 좋아하는 책 〈소공녀〉에 나오는 기숙사 사감 선생님처럼 아침밥 먹을 때부터 밤에 잠들 때까지 내 마음에 들지 않거나 눈에 거슬리는 게 있으면 끝도 없이 잔소리를 했어요.

"누가 보면 계모인 줄 알겠어!"

이탈리아에 유학 온 젊은 부부가 아이들 점심을 대충 챙겨주는 내게 툭 던진 말이었습니다. 새엄마는 늘 악녀 캐릭터로 주연이 될 수 없는 조연이자 영원히 악녀로 남아야 하는 불행한 존재죠. 나는 착한 새엄마로 살고 싶었어요. 아이들을 보란 듯이 키우고 다른 사람에게 인정받고 싶었습니다. 그때부터 악한 조연이었던 새엄마의 착한 주연 되기 프로젝트가 시작되었죠.

나와 우리 가족을 포장하는 일부터 했어요. 가끔 포장지를 바꾸고 가끔 리본도 붙이면서요.

아이들이 허겁지겁 먹는 모습이 불쌍하더라. 제 엄마 있을 때는 옷도 잘 입더니 애들이 엄마 없는 티가 너더라. 아이들이 눈치만 보고 기가 죽어 있더라. 이야깃거리 없는 한인사회에 우리 가족을 미끼로 던져 주고 싶

지 않았습니다. 제대로 포장해서 보여주고 싶었죠.

아이들과 식사 초대를 받은 날이면, 백화점에 가서 똑같은 옷을 사 입혔습니다. 쌍둥이만이 누릴 수 있는 최고의 포장은 똑같은 옷을 입고 똑같은 헤어스타일로 사람들의 시선을 단번에 끄는 것이니까요.
"사람들이 동물원에서 원숭이 보듯이 우리를 보는 것이 싫어요."
"그래도 쌍둥이는 이렇게 입어야 예쁜 거야!"
아이들은 그 시선을 너무도 싫어했지만, 새엄마에게는 중요하지 않았습니다.

초대받은 집에 가면 아이들은 유난히 맛있게 잘 먹었어요. 초대한 입장에서는 기분 좋은 일이 새엄마 입장에서는 민망한 일이었죠. 민망하지 않으려고 출발하기 한 시간 전에 아이들을 배불리 먹였어도 아이들은 아무것도 먹지 않은 것처럼 잘 먹었어요.
식사를 마치고 집에 가는 차에서 나는 아이들에게 잔소리를 퍼부었죠. 그런 나를 남편은 나무라고, 부부간의 말다툼으로 번졌어요.
"엄마, 아빠! 그만해요. 우리가 잘못했어요."
잘못한 게 없는 아이들의 잘못했다는 말을 들어야 화를 잠재울 수 있었습니다.

나는 남편과의 결혼을 결심하면서 출산은 포기했어요. 남편에게 두 아이가 있는 것에 만족하며 살 수 있으리라 생각했죠. 아이를 낳지 않는 내

희생정신을 다른 사람들이 높이 평가해주기를 은근히 바라며 포장에 신경을 썼습니다. 하지만 포장을 할수록 만족감보다는 허전함이 커졌어요. 이탈리아 친구들에게 마음속 이야기를 털어놓았습니다. 서툰 이탈리아 말로 어눌하게 표현했지만, 친구들은 나와 우리 집 이야기를 흥미거리가 아닌 있는 그대로 받아들였죠.

"지금도 잘하고 있어. 내가 너였다면 이런 고민도 안 할 텐데….."

"이렇게 고민하고 이야기한다는 것은 앞으로 더 좋은 방향으로 나아갈 수 있다는 긍정의 의미야."

아이를 낳아 키워 본 친구들은 칭찬과 위로를 아끼지 않았고, 그것이 나에게 큰 용기가 되었습니다.

이탈리아에 있는 한국 사람들에게 같은 이야기를 하면 들어 주기보다는 본인 생각이나 주장을 많이 표현하는 편이었어요. 새엄마 입장이 되어보지 않은 사람들은 말했죠.

"애들이 있는 걸 모르고 결혼한 것도 아니고, 이해하고 살아야지 어떻게 할 거야."

"아이들한테 잘해! 나중에 그 아이들이 너에게 큰 힘이 될 거야."

그러나 편한 한국말로 열심히 말하고 들은 이야기와 충고는 다 옳은 말임에도 불구하고 큰 위로가 되지 못했습니다. 사람들과 이야기해도 해결되지 않는 나만의 문제가 나를 불안하게 만들었죠.

포장에 능한 새엄마는 행복하지 않았습니다. 남편은 내게 자주 짜증을

냈고, 아이들은 나를 점점 어려워했어요. 시간이 지날수록 나는 다른 사람의 눈에서 자유로워지고 싶었습니다. 내 자리를 인식하고 현실 속으로 들어가고 싶었어요. 나를 억누르고 있는 가식을 벗어버리고 솔직해지고 싶었죠. 그건 결국 내게 아이들을 사랑하는 마음이 없음을 인정해야 하는 것이었어요.

다시 시작하기로 했습니다. 그런데 어디서부터 어떻게 시작해야 할지 막막했어요. 그때 이런 생각이 들었어요. 사랑하는 사람의 아이를 갖고 싶다. 내 아이를 낳아 키우면 엄마의 마음도, 두 아이에 대한 감정도 진실해지지 않을까? 라는 생각이요.

헌엄마로 산다는 것

이탈리아에 온 지 4년 만에 딸 은혜를 낳았습니다. 사랑하는 사람의 아이를 아홉 달 동안 기다리며 느꼈던 행복함과 설렘은 대단했어요. 가끔 뱃속에서 아이가 '엄마, 나 여기 있어요~' 라며 작은 표현을 할 때마다 세상을 다 얻은 듯했죠. 음악을 듣고 이야기를 나누고 아이와 둘만의 시간을 즐기며 간절하게 하루하루 아이를 기다렸습니다.

오랜 배앓이 끝에 내 아이를 품에 안은 순간, 죽을 것만 같았던 통증은 사라지고 눈물이 흘렀습니다. 감사의 눈물, 사랑의 눈물이었죠.

순간 다혜, 지혜의 친엄마가 생각났어요. 태어나자마자 눈도 뜨지 못한 채 엄마 젖을 찾는 이 작은 생명이 얼마나 위대한지, 두 아이가 얼마나 소중한 존재인지, 나에게 얼마나 귀한 선물이었는지 은혜를 품에 안고서야 알게 되었죠. 그녀에게 감사했어요.

은혜를 키우면서 아이는 책에 있는 대로 키우기 힘들다는 것을 알았습니다. 아이는 시도 때도 없이 울어대고 잠을 자죠. 잘 놀다가도 밤만 되면 열이 오르고요. 불덩이 같은 아이를 안고 아침이 오기만을 기다리는 엄마의 타 들어 가는 마음을 아는지 아프고 난 후엔 평상시 하지 않았던 재롱으로 행복한 웃음을 선물하기도 합니다.

아이를 키운다는 것은 예측할 수 없는 일들의 연속이고, 끝없는 기다림이라는 것도 알았습니다. 그리고 그동안 내가 다혜와 지혜를 기다려주지 않았다는 것을, 서로 다른 성격의 아이들을 내 틀에 가둬두고 똑같이 대했다는 것도 깨달았죠. 뒤늦게 가슴으로는 느낀 엄마의 마음을 다혜, 지혜에게 전달해야 했습니다. 사랑하는 마음은 좀 뒤로하고 먼저 아이들에게 성실하게 다가가기로 했죠.

학교 버스에 태우는 대신 내가 직접 운전을 해 아이들 등하교길을 챙겼습니다. 그날 학교에서 있었던 친구들, 선생님과의 일을 듣기 시작했죠. 아이들에게 명령하고 혼낼 줄만 알던 내가 말없이 아이들 얘기를 듣고 긍정적인 표현을 하니 처음에는 상황 설명만 하던 아이들이 점점 느낀 점을 이야기하고, 걱정거리나 고민을 털어 놓았어요. 자연스럽게 아이들의 심리 상태를 알게 되고, 어떤 친구들과 지내고 그 과목을 왜 힘들어하는지, 그동안 알지 못했던 아이들의 깊은 성격도 알게 되었습니다.

새로 생긴 동생 은혜와 시간을 많이 보내게 했어요. 다행히 다혜와 지혜는 은혜를 예뻐했죠. 은혜 목욕을 시킬 때나 내가 식사를 준비할 때 도움을 청했고, 아이를 데리고 산책하러 갈 때도 함께 가자고 했습니다. 다혜는 주로 은혜를 재울 때나 목욕시킬 때, 기저귀 갈 때 도와주었고, 지혜는 은혜와 놀아주고 책을 읽어주었죠.

내 짧은 계산으로 은혜가 엄마랑 사는 날보다 쌍둥이 언니들이랑 사는 날이 더 길 것이고, 훗날 내가 세상에 없더라도 은혜라는 선물을 아이들이 아름답게 간직했으면 하는 바람이 있었습니다.

어느 날 거실에 켜놓은 TV에서 축구 중계가 한창인데, 순간 경기장 안에서 내가 보였습니다. 파란 잔디가 깔린 멋진 경기장. 우리 가족은 한국에서 친선 경기를 하러 온 팀. 나는 교체 선수로 들어왔어요. 지금 막 들어와 힘과 의욕이 넘치죠. 관중들에게 무언가 보여주고 싶어요.

그러나 공을 아무리 잘 다뤄도 우리 골대부터 상대 골문까지 공을 혼자 몰고 가 골을 넣을 수는 없어요. 내가 아무리 잘 뛰어도 동료의 도움 없이는 좋은 경기를 할 수 없죠.

경기 중 선수 한 명이 아프면 공을 밖으로 걷어내 아픈 선수 상태를 봐줘야 하고, 경기 중 감정이 격해져 몸싸움을 벌이더라도 다시 경기가 시작되는 순간 냉정해져야 해요.

선수들끼리는 눈짓 손짓 하나만으로도 상황이 다 전달되고 대화가 되어야 하죠. 그게 안 되면 경기는 제대로 풀리지 않아요.

경기를 하다 보면 응원석에서 분을 잠지 못해 소리를 지르거나 이물질을 던져 경기 진행을 막는 경우가 있어요. 그럴 때에는 같이 감정에 휩쓸리지 말고 기다려야 해요.

남을 의식하다 보면 정작 경기에 충실할 수 없죠. 경기는 이길 수도 있고 질 수도 있는데 이기는 것만 생각하면 오히려 지게 돼요. 지더라도 서로 격려해주고 위로를 받는다면 그것처럼 아름다운 경기도 없죠.

부인과 사별하고 두 아이가 있다는 이유로 큰소리 한 번 못 냈던 남편과, 어린 나이에 엄마를 잃고 또 잃어버릴까 두려움 깊었던 아이들. 나는 그 사이에서 의욕에 넘친 교체 선수처럼 혼자서만 공을 잡고 상대 팀 골대를 향해 뛰어가고 있었어요. 내가 스스로 작아지지 않으면, 공을 넘겨주지 않으면, 남편과 아이들이 설 자리가 없다는 것을 안 순간, 철없는 내 행동으로 상처받았을 가족이 보였습니다.

후회하고 미안해하며 세월을 보내니 어느덧 두 아이는 친엄마와 산 날보다 나와 산 시간이 더 많아졌습니다. 그러는 동안 아이들과 내가 닮아가고 있음이 느껴졌어요. 겉모습은 닮은 구석이 없지만, 언어 습관이나 무의식적인 행동 속에서 내 모습이 보였습니다. 특히 쌍둥이가 은혜에게 언니로서 이야기할 때는 마치 내가 말하는 것 같아, 예쁜 말투로 교양 있게 행동하지 못한 것이 부끄럽기도 했습니다.

아이들과 나는 목소리도 비슷해졌어요. 전화를 받으면 아이들인지 나인지 많은 사람들이 구분하지 못했죠. 특히 다혜의 목소리와 느린 말투는 내가 들어도 놀랄 정도로 비슷합니다.

우리는 입맛까지 닮아가고 있었어요. 엄마가 해주었던 내 추억의 음식들

〈 슈라네 집 고소한 이야기 〉

을 아이들과 함께 해먹으면서 아이들에게도 내 기억 속 사랑의 맛이 전해지고 있었죠. 한지붕 아래에서 한솥밥을 먹으면서 우리는 그렇게 서서히 닮아가고 있었습니다.

다혜 이야기

다혜는 걱정이 많고 소심한 성격입니다. 말수가 적은 대신 생각이 깊죠. 공책 첫 장을 시작해 넘기려면 수도 없이 쓰고 지우고를 반복해 결국 잘 써보고자 했던 새 공책의 첫 장은 늘 너덜너덜 더럽혀지기 일쑤였어요. 혼자서 책 읽는 것을 좋아하고 집에서 영화 보는 것을 즐기고, 외모에 신경 쓰기보다는 단순한 스타일을 좋아합니다.

한국에서 사립 초등학교에 다녔던 다혜는 특별활동으로 클라리넷을 배웠어요. 소리도 잘 내고 악보도 잘 읽고 재능이 있어 보여 이탈리아에서도 계속 가르쳐볼까 하는 욕심을 부리게 되었죠. 악기를 배워두면 남들 앞에 나설 때가 많아집니다. 특히 교회에서 가족 찬양을 할 때 아이 중 누군가 악기를 하면 부모 체면이 살고, 사람들에게 보기 좋은 포장이 되죠. 게다가 학교 성적이 중하위권이어서 공부는 일찌감치 포기하는 편이 낫겠다는 개인적인 판단에 좋은 선생님부터 수소문했어요.
나는 다혜와 한몸이 되어 움직였습니다. 레슨 장소까지 차로 데려다 주고 한 시간 동안 밖에서 기다렸다가 레슨이 끝나면 집으로 데려왔어요. 오자마자 그날 배운 것을 연습시키고 옆에 지켜 서서 연습량을 확인했죠. 다혜는 자기표현을 잘하지 못하는 아이예요. 새끼손가락이 유난히 짧아 클라리넷을 하기엔 무리가 있었을 텐데, 힘들다는 말 한 번 하지 않았죠. 괜히 나 혼자 "할 수 있다!"는 말을 수도 없이 반복하며 다혜를 연습시켰습니다.

어느 날이었어요. 저녁 준비를 마치고 다혜를 부르는데 살짝 열린 방문 사이로 나와 다혜 눈이 마주쳤습니다. 놀란 다혜는 무언가를 숨겼죠. 만화책이었어요. 악보 대신 만화책을 펴놓고 연습을 하고 있었던 겁니다. 다혜는 단 한 번도 클라리넷이 싫다고 말한 적이 없었어요. 시키는 대로 열심히 따라 주었기에 클라리넷을 좋아하는 줄로만 알고 있었죠. 배신감에 화가 치밀어 올랐지만, 저녁을 먹고 차분하게 다혜와 마주 앉았어요.
"다혜야. 너 클라리넷이 싫으니?"
"아니요."
"그런데 왜 그랬어?"
"사실은 클라리넷이 싫은 게 아니고 책 읽는 것이 더 좋아요."
"클라리넷 안 하고 책만 읽고 싶어?"
"네."
다혜는 끝까지 클라리넷이 싫다는 말을 하지 않았습니다.

지혜 이야기

지혜는 말이 많고 활동적이에요. 다혜와는 다르게 자기표현이 확실하죠. 영특하고 상황 판단이 빨라요. 가끔 말도 안 되는 거짓말과 철없는 장난으로 혼나기도 하지만, 그림을 잘 그리고 손재주가 뛰어나 친구들을 스케치해서 선물하기도 하고, 선생님들의 특징을 만화로 그려 아이들을 웃게 해 인기가 많습니다.

옷과 신발, 학용품 또는 가방을 사더라도 한 가게에서 한 번에 사본 기억이 없을 만큼 개성이 강해요. 지혜 취향에 맞춰 쫓아다니다가 내가 먼저 지쳐 집에 올 때가 많았죠.

지혜는 공부를 잘해서 특별한 과외는 시키지 않았어요. 공부만 잘 해도 포장 효과가 충분했기에 지혜에게는 욕심부리지 않았죠.

지혜는 손톱을 먹는 버릇이 있어요. 생인손을 앓아 이틀 동안 잠도 못 자고 염증이 심해져 응급실에서 손톱을 뺀 적이 있는데도 손톱 먹는 버릇을 고치지 못했죠.

나는 아빠가 있을 때에만 아이들에게 매를 들었어요. 그래야 새엄마로서 아이들에게 하는 체벌이 정당하다고 생각했죠. 그날도 손톱 먹지 말라고 매를 드는데 갑자기 지혜가 악을 쓰며 아빠를 불렀어요.

"아빠~ 엄마 경찰에 신고해!!!"

내 끈질긴 잔소리에 지혜가 폭발해버린 거죠. 손톱 먹은 건 둘째치고 엄마를 신고하라는 말에 나도 폭발해버렸어요. 나는 악을 쓰며 소리 질렀고, 지혜도 지지 않고 대들었어요. 다혜는 얼굴이 하얗게 질려 울기 직전이었고, 남편은 극과 극으로 싸우는 아내와 딸을 진정시키느라 바빴죠.

남편은 아이들과 나 사이에서 한 번도 내게 힘을 실어준 적이 없습니다. 언제나 중간자적인 역할이었죠. 이런 상황에서 남편이 새엄마 손을 들어주면 그 순간 새엄마는 힘을 얻는 것 같지만, 가족에게는 보이지 않는 틈새가 생긴다는 것을 잘 알기에 당시에는 서운해도 참았어요.

아이들에게 집안에서는 아빠 목소리가 우선이라고 가르쳤습니다. 중요한 사항이 있으면 아빠 의견을 들어본 후 결정하기를 권했죠. 아이들이 잘 따라주어 다행이었어요.

지혜가 왜 그렇게 손톱을 먹는지 이해하지도 못했고, 원인을 찾으려 하지도 않았는데, 안정되지 않은 생활에서 오는 작은 불안 심리 때문이라는 것을 알고는 많이 미안했어요.

지혜는 요즘에도 가끔 손톱 사건 얘기를 해요.

"내가 무슨 용기로 엄마를 신고한다고 했는지 모르겠어."

미안해하며 웃는답니다.

사실 그날 아빠의 무승부 판정이 결국 우리를 웃게 만들었어요.

너희는 국가대표다

5학년이 시작된 지 두 달 만에 집 이사로 다혜와 지혜는 학교를 옮겨야
했습니다. 아이들에게는 미안했지만, 현실을 잘 받아들이고 적응해줘서
고마웠죠.

"엄마! 4학년 남자아이가 자꾸 우리 머리를 잡아당기며 Cinese(친네제:
중국 사람)라고 놀려!"

학교 옮긴 지 며칠 안 돼서 남자아이가 놀리기 시작했다는 얘기를 듣고
화가 났어요.

"야! 너보다 어린아이에게 당하고 있었어? 다음에 또 그러면 한 대 때려
줘. 알았지?"

이탈리아 초등학교는 1학년 때 한 반이 만들어지면 큰 무리가 없는 이상
선생님과 아이들이 5년을 함께 합니다. 마지막 5학년 반에 들어갔으니
충분히 예상할 수 있는 일이지만, 4학년 아이가 놀린다는 말에 고민이
되어 남편과 상의를 했죠. 남편은 아이들을 불러 얘기했어요.

"그 아이가 오늘 처음 놀렸어?"

"아니! 우리가 처음 학교에 간 날부터 놀렸어."

"그런데 왜 오늘 말했어?"

"항상 나만 놀렸는데 오늘은 다혜까지 놀리잖아. 그래서 더 화가 났어."

"내일 학교에 가서 그 아이 담임 선생님을 찾아가 이렇게 말해. '선생님 저 아이가 내 머리를 잡아당기며 놀려요. 다음에 또 놀리면 저 아이가 어 떻게 되든 저는 책임 못져요!'라고. 다음은 아빠가 책임질게. 걱정하지 마! 너희 뒤에 아빠가 있잖아!"

아빠의 말에 아이들 표정이 밝아졌습니다.

"다혜야, 지혜야. 너희 주변에 한국 사람이 또 있니?"

"아니!"

"너희는 한국에서 선발되어 온 국가대표야. 국가대표는 한국을 대표하기 때문에 똑똑하고 재능 있는 아이들만 선발해서 보내. 그런 국가대표를 놀린다는 것은 한국을 우습게 본다는 거야. 그러면 돼? 이곳에서 너희가 할 일이 얼마나 많은지 너희는 모르지? 아빠는 다 알고 있어. 그러니까 걱정하지 말고 내일 그 아이 담임 선생님 눈을 똑바로 보고 용기 내서 말 해야 해!"

아이들은 아빠의 얘기에 흥분했어요.

"정말이야? 그럼 아무에게도 얘기하면 안되는 비밀이야?"

국가대표를 영화에 나오는 비밀요원으로 착각까지 하면서요.

다음날 지혜는 놀렸던 아이의 담임 선생님을 찾아가 아빠가 시키는 대로 말했습니다. 선생님은 지혜에게 사과하고 그 아이를 불러 다혜, 지혜가 보는 앞에서 혼을 낸 후 화해하게 했죠.

〈 슈라네 집 고소한 이야기 〉

그 일 이후 아이들은 학교생활에 잘 적응했습니다.

날씨가 좋았던 토요일 오후 우리 가족은 자전거를 타고 공원에 갔어요. 남편과 나는 의자에 앉아 쉬고 있는데 우리를 부르는 아이들 목소리가 들렸어요.

넓은 U자형으로 파인 길목에서 다혜는 오르막길을 지나 왼쪽에 서 있고, 지혜는 오른쪽에 서 있었죠. 둘은 사인을 보내고 양쪽에서 서로를 향해 달리더니 자전거가 부딪쳐 크게 넘어졌어요. 놀란 우리는 아이들에게 뛰어갔어요.

"야! 너희 바보같이 지금 뭐 하는 거야! 괜찮아?"

"다혜가 저쪽에서 오면 왼손 바닥을 마주치고 반대로 올라가는 것을 보여주려고 했는데, 다혜가 오른손을 올렸어!"

"아니야! 난 왼손 올렸어!"

서로 생각한 손과 방향이 달라 일어난 일이었죠.

"왜 그렇게 바보 같은 짓을 해?"

"우리는 국가대표라며. 그래서 국가를 대표해 뭔가 보여주려고 했지!"

아이들에게 용기를 주고자 한 거짓말을 아이들은 믿고 있었던 거예요. 팔에 입은 상처조차 자랑스럽게 여기면서요.

수학 경시대회

아이들이 중학교 2학년 때 일입니다. 수학을 잘하는 지혜는 선생님의 권유로 시에서 주최하는 수학 경시대회에 나가게 되었다며 신청서를 가지고 왔어요.

"다혜야! 너는 신청서 없어?"

"나는 수학 잘 못해."

한국에서부터 학교 공부에 자신이 없었던 다혜는 늘 지혜의 그늘에 가려 용기도 없는 아이였죠.

"수학 경시대회에 가면 지혜를 기다리는 시간에 너는 뭐 할래? 그냥 너도 한두 시간 앉아있다가 와."

아빠의 엉뚱한 이유로 다혜도 수학 경시대회에 신청서를 냈습니다.

수학 경시대회 날 지혜는 누구보다도 빨리 시험장을 나왔어요.

"생각보다 문제가 쉽더라고."

"그렇게 쉬운데 다혜는 왜 안 나오는 거지? 그냥 눈치 봐서 지혜 나올 때 나오지, 빨리 집에나 가게."

다혜는 시간을 다 채우고 늦게 시험장을 나왔어요.

"왜 이렇게 오래 있었어? 모르면 그냥 나오지?"

"아는 것 같기도 하고 모르는 것 같기도 해서 생각 좀 하느라고 시간이 걸렸어."

"잘했다. 앉아서 시간 보내는 것도 힘든 일이었을 텐데."

20일 정도가 지난 후 수학 경시대회 결과가 나왔습니다.

"엄마! 다혜가 수학 경시대회에서 2등을 했어!"

"뭐! 다혜가? 혹시 이름이 바뀐 거 아니야?"

"아니야! 여기 편지도 있어. 이날 상 받으러 오래."

예상치도 않은 다혜의 입상에 남편과 나는 기쁨보다는 의심이 앞섰어요. 쌍둥이라서 이름이 바뀌었거나, 행정 실수라 생각했죠. 시상식에서 다혜 이름이 불리고 나서야 의심을 풀었습니다.

"다혜야, 아는 것도 같고 모르는 것도 같았다며 어떻게 푼 거야?"

"아빠, 나도 잘 모르겠어. 내 생각을 설명하려고 하니 정리가 잘 안 돼서 그림으로 그려서 설명했어. 그림을 그리느라고 시간이 오래 걸렸어."

이탈리아 수학 경시대회에서 그림으로 설명하고 답한 다혜의 시험지가 심사하는 사람들 마음에 통한 걸까요. 시험 문제가 무엇인지, 다혜가 어떻게 답을 적었는지 모르지만, 다혜가 그린 수학적 풀이 방법이 그들에게 잘 전달된 듯 싶었습니다.

그날 이후 다혜는 수학을 유난히 좋아하게 되었어요. 지혜의 그늘에 가려 용기 없던 다혜는 수학 경시대회 입상으로 힉교에서 공부 잘하는 아이로 통하게 되었고, 그로 인해 학습능력이 향상되었죠.

가끔은 거짓말도 필요할 때가 있다

이탈리아에는 중학교도 졸업시험이 있습니다. 졸업 성적과 합격 여부를 학교 정문에 붙여 사람들에게 확인하게 하는데, 대부분 통과하지만 간혹 2~3명은 통과하지 못하죠.

한국이라면 체계적인 졸업시험 준비를 할 텐데, 여기에서는 엄마로서 답답할 뿐이었어요. 아이들보다 말을 잘하는 것도 아니고, 학교에서 받아온 공지사항 하나 제대로 이해하지 못했으니까요.

아이들이 밥을 먹으면 함께 밥을 먹고, 아이들이 공부하면 옆에서 책을 읽고, 아이들이 운동하면 멀리서 아이들을 기다렸다가 함께 집에 오고, 아이들 그림자 같았죠. 아이들이 학교에서 돌아오면 그날 있었던 일을 들어주고 밥 잘 챙겨 먹이는 일이 내가 할 수 있는 최선이었습니다.

아이들이 중학교 졸업시험을 볼 때 기억에 남는 시험이 있었어요. 문법, 이탈리아어, 논술 실력 등을 평가하는 이탈리아어 시험인데, 딱 한 문제만 출제되었죠. 문제는 이랬어요.

['성에서 말을 타고 나온 한 사람이 쫓기며 도망을 가고 있었다.' 다음 이어지는 이야기를 A4용지에 적어 내시오!]

딱 한 문제라는 것도 놀라웠지만, 뒷이야기를 지어서 쓰라는 것이 더 놀라웠습니다. 평상시에 책을 많이 읽거나 상상력이 풍부하지 않으면 쓰기 힘든 문제니까요. 책 읽기 좋아하는 다혜에게는 당연히 쉬운 문제였죠. 한두 문제 틀려 시험 결과가 좌우되는 것이 아니고, 개성 있는 글쓰기로 이탈리아어와 문법 실력을 짐작해 볼 수 있다는 것이 마음에 들었어요.

아이들은 가슴에 보이지 않는 태극마크를 달고 열심히 노력해 졸업시험이 있는 이탈리아에서 초등학교와 중학교를 마쳤습니다. 10점 만점에 9.5점 이상 성적을 받으면 동네 작은 신문에 소개되고, 시에서 소정의 장학금을 전달하는데, 두 아이 모두 신문에 얼굴이 나오고 장학금도 받았습니다. 고등학교에 가서 더 큰 용기를 갖고 공부하는 계기도 되었죠.

가끔은 거짓말도 필요할 때가 있어요. 아이들에게 '국가대표'라는 말은 이탈리아 생활에 담대함을 주었고, 어려움이 있을 때마다 자신감과 힘을 준 주문이었습니다.
우리처럼 외국에 사는 사람들은 지금 서 있는 땅이 어디인지는 중요하지 않아요. 주어진 환경에서 내 가족과 일에 최선을 다해 살고 있다면, 우리는 모두 가슴속에 태극마크 하나씩 붙이고 있는 국가대표입니다.

사랑한다, 사랑한다.

마음이 여린 다혜는 유난히 성실했고 고등학교에 올라가면서 공부도 잘
했습니다. 우리 팀의 대표주자로 나에게 늘 자랑거리였죠. 다혜가 의대
에 가겠다고 했을 때는 마치 의대에 들어간 것처럼 사람들에게 다혜를
자랑하고 다녔어요.

지혜도 열심히 공부했지만, 중학교 수학 경시대회 사건 이후로 다혜의
성실함에 학교 성적이 늘 밀렸어요. 지혜는 과 결정을 못해 고민하다가
다혜를 따라 의대에 간다고 했죠. 솔직히 지혜에 대한 기대는 없었어요.
손재주가 좋으니 의대에 떨어지면 미술 계통 학교에 지원해도 좋겠다 생
각했습니다.

다혜와 지혜는 같이 의대에 응시했고, 공부 잘했던 다혜가 떨어지고 기
대 안 한 지혜가 합격하는 의외의 결과가 벌어졌어요. 지혜의 합격은 기
뻤지만, 다혜의 불합격으로 집안 분위기는 침울했습니다. 우리 편 선수
가 자살 골을 넣은 것처럼요. 혼자 의대에 합격한 지혜는 다혜에게 미안
해했죠.

가장 힘든 사람은 자살 골을 넣은 선수 다혜였어요. 팀원들이 따뜻하게 품어준다면, 그 선수는 언젠가 팀을 위해 멋진 골을 터트릴 거라 믿으며 다독여주었습니다.

다혜는 입학시험이 없는 생명공학부에 들어가 학과 공부를 충실히 하면서 다음 해에 볼 의대 시험 준비도 했습니다. 다혜의 노력하는 자세만으로도 대견했죠.

1년 후 의대 시험 결과는 또 불합격이었어요. 다혜는 잘 웃지도 않고, 잘 먹지도 않고, 자신감을 잃고 우울해했죠.

하지만 다혜는 포기하지 않았어요. 마지막이라고 생각하고 다음 해에 세 번째 의대 시험을 보았습니다.

"다혜야… 힘들지?"

합격 결과를 기다리며 다혜에게 물었습니다.

다혜는 조용히 대답했어요.

"엄마! 솔직히 시험에 떨어지는 것보다 엄마, 아빠가 나 때문에 실망하고 나를 인생의 실패자로 생각할까 봐, 그게 제일 두려워."

"다혜야! 네가 유명한 의사가 되거나 평범한 가정주부가 되거나 어느 자리에 어떤 모습으로 서 있던지 넌 내 딸이야."

내가 한 말에 갑자기 울컥해 눈물이 났어요. 다혜 눈에도 눈물이 흐르고 있었죠.

그 순간 나는 알았습니다. 아이들과 함께한 세월 속에 이런 모습, 저런 모습으로 우리는 가족이 되어갔고, 내 마음 깊은 곳에 다혜와 지혜를 품고 있었다는 것을요.

왜 그리 많은 시간이 흘러야 했을까요? 스물네 살에 사랑하는 남편을 만난 나는 두 아이와 함께 철이 들었던 겁니다.

다혜는 다행히 치과 대학에 입학했어요. 밀라노 교민 사회에서 처음 있는 일이었습니다.

"엄마. 내가 처음부터 치대에 갔으면 지금쯤 얼마나 교만해져 있을까? 세상에서 내가 최고인 줄 알고 잘나서 다녔겠지? 지금 내가 치대에 다니는 것이 얼마나 즐겁고 감사한지 몰라!"

"다혜야. 나는 네가 치과대학에 입학한 것보다 지금 네가 그런 생각을 하고 있다는 것이 더 기쁘다."

의사는 하나의 직업일 뿐이에요. 이 아이가 의대를 지원하고 실패하면서 심적으로 느꼈던 많은 갈등과 고민 속에서 인생에서 중요한 삶의 자세를 배우고 찾은 것 같아 기뻤습니다.

아이들과 함께 한지 15년. 이제 나는 새엄마가 아닌 헌엄마로 아이들 곁에 있습니다. 아이들과 함께 울고 웃고 분노하고 서러웠고 행복했던 시간 속에서 철없던 스물네 살의 새엄마는 오래된 친구처럼 아이들과 어깨를 나란히 하며 오늘을 나눕니다.

사랑한다. 다혜야!

사랑한다. 지혜야!

내 딸 은혜

은혜가 태어났어요. 내리사랑이라는 것을 실감하듯 남편은 갓 태어난 은혜를 유난히 사랑했죠. 나는 내가 낳은 딸만 감싸면 한창 사춘기에 있는 다혜, 지혜가 상처라도 받을까 봐 의식적으로 거리를 두고 은혜를 대했습니다. 그래서였을까요. 은혜는 어려서부터 살갑게 안기지도 않고, 잘 웃지도 않았죠. 정 주기 전 마음에 선부터 그은 듯 차가운 인상의 아이였어요.

은혜가 초등학교에 들어가는 해에 남동생 상민이가 태어났어요. 아빠의 사랑을 동생에게 빼앗겼다 생각한 은혜의 이기적이고 충동적인 행동은 내 인내심을 시험하곤 했습니다. 남편은 말로 타이르라 했지만, 나는 내화에 못 이겨 은혜에게 수시로 매를 댔고, 은혜를 혼낼 때는 신들린 무당처럼 무언가가 내 안에 들어와 주변을 뒤집어 놓고 사라지는 이성의 공백 상태를 느끼곤 했습니다.

내가 낳지 않은 아이 둘을 키우면서 스스로 인정하지 못했던 많은 사연들, 낯선 나라에서 나 혼자라 느끼며 방황했던 외로움의 나날들, 착한 새 엄마로 살아야 한다는 가식적인 행동들로 뒤엉킨 삶의 무게를 은혜에게 토악질하듯 쏟아냈던 겁니다.

다혜, 지혜와는 다르게 은혜를 혼낼 때는 내 마음이 정당하고 자유로웠어요. 은혜를 야단칠 때 다혜나 지혜가 와서 말리기라도 하면 더 언성을 높여 은혜를 혼냈고, 다혜와 지혜의 미안한 눈빛을 보면 왠지 만족감이 들었죠.

'새엄마는 친딸이라고 편애하지 않고 매를 들 수 있단다.'

차별 없음을 인정받으려는 내 잘못된 표현이 은혜 마음에 깊은 상처로 쌓여 가는 줄도 모르고, 늘 은혜를 안아주고 위로해 주던 아빠의 품마저 거부하기 시작한 줄도 모르고요.

은혜가 초등학교 4학년 때 일이에요. 은혜가 나에게 매를 맞고 자기 방에서 울고 있을 때 지혜가 은혜 곁으로 다가갔습니다.

"은혜야, 많이 아팠지? 울지 마! 엄마는 네가 미워서 혼내는 게 아니야."

"언니! 엄마가 내 엄마가 아닌 것 같아! 언니들과 나는 엄마가 다른 것 같아."

갑작스러운 은혜의 말에 지혜는 심장이 멎는 것 같았죠.

"은혜야! 그게 무슨 말이야?"

"상민이는 엄마 아들인 것이 확실한데, 나는 엄마 딸이 아닌 것 같아. 언니들에게는 잘 해주는 데 왜 나만 이렇게 혼내? 엄마 딸이면 어떻게 이럴 수가 있어?"

은혜는 자신을 무섭도록 혼내는 엄마에 대해 심한 오해를 하고 있었습니다.
남편과 나는 아무것도 모르는 은혜가 복잡한 가족사를 자연스럽게 받아
들일 수 있는 나이가 될 때를 기다리고 있었는데, 그날 지혜는 은혜의 번
민이 심각해 그 때가 지금이라 판단했어요.
"은혜야! 지금부터 언니가 하는 얘기 누구에게도 말하면 안되는 너와 나
의 비밀이야! 알았지? 언니의 친엄마는 언니가 일곱 살 때 돌아가셨어.
그래서 아빠는 지금 엄마와 결혼해서 너와 상민이를 낳았어. 지금 엄마
는 너의 친엄마고 나의 엄마는 하늘나라에 계셔."
은혜는 붉게 충혈된 눈으로 지혜를 보았어요.
"언니는 엄마가 너를 임신했을 때 너무 기쁘고 좋았어. 왜 그랬는지 알아?"
"동생이 생겨서?"

"응. 그것도 그런데, 언니는 태어나서 지금까지 거울 보듯 다혜 얼굴만 보고 살았거든. 언니가 같은 얼굴을 매일 보고 살면서 얼마나 지루하고 힘들었겠니! 똑같은 얼굴만 평생 보고 살아야 하나… 걱정하고 있었는데 얼굴이 다른 동생이 생긴 거야. 언니는 너무나 좋았어!"

은혜는 그 말에 미소를 보이기 시작했죠.

"언니는 다혜와 쌍둥이지만, 다혜랑은 생각하는 게 많이 달라. 너도 잘 알잖아. 그런데 너는 나와 생각하는 것, 좋아하는 것, 많은 부분이 닮았어. 아무래도 너와 나는 정신적인 쌍둥이인가 봐."

"왜?"

"네가 학교에서나 집에서 하는 모습을 보면 언니 어렸을 때랑 똑같거든. 은혜도 종이접기와 그림 그리기 잘하잖아! 수학도 좋아하고. 그게 언니를 닮은 거야. 너도 그렇게 생각하지?"

"응"

그날 이후로 은혜는 지혜를 유난히 따르게 되었어요. 은혜는 이빨 닦는 것을 제일 싫어하는데 지혜 말이라면 자다가도 일어나 이를 닦을 만큼 지혜 말을 잘 들었죠.

부모가 할 일을 얼떨결에 지혜가 떠맡게 돼 미안했지만, 오히려 부모가 전하는 것보다 언니를 통해 알게 된 것이 은혜가 받아들이는 데 조금 더 편안했을 거라는 생각이 들었습니다. 언니와 더욱더 친밀해진 계기가 되어 다행이었고요.

시간이 많이 지난 지금까지도 은혜에게는 늘 미안합니다. 나와 다혜, 지혜 사이에서 그리고 막내 상민이의 탄생으로 가족의 희생자가 되어버린 듯한 아이.

은혜가 어릴 때, 잠시라도 맡길 곳이 없어서 집에 있는 것을 좋아하는 은혜를 늘 차에 태워 데리고 다녔어요. 아파서 열이 날 때도, 작은 일로 잠시 집을 비울 때도, TV를 보게 하고 잠깐 다녀올 거리인데도 늘 아이를 데리고 다녔죠. 언니들 학교 끝나는 시간에, 언니들 운동하는 시간에 맞춰 움직여야 했고, 언니들의 시험기간이면 방해되지 않도록 자리를 비켜 줘야 했어요.

친구들 아빠보다 나이가 너무 많은 아빠. 열두 살 차이 나는 쌍둥이 언니들. 여섯 살 어린 개구쟁이 남동생. 늘 차갑게 느껴졌던 엄마. 이 모든 것들이 사춘기에 들어선 은혜에게는 버겁고 부정하고 싶은 현실이었을 거예요.

나로 인해 가족에게조차 마음의 벽을 쌓았던 은혜는 언니의 사랑으로 마음을 열긴 했지만, 아직도 엄마는 미움의 대상입니다. 은혜가 자라면서 철이 들고 때가 되어 엄마가 되면, 어린 나이에 결혼해 새엄마로 살아야 했던 내 입장을 조금이나마 이해해 줄까요?

어눌한 솜씨로 듬성듬성 코를 잡고, 이실 저실 가져다가 엉성하게 짜 내려간, 색깔도 굵기도 맞지 않는 어색한 목도리 같은 우리 가족. 그러나 모진 추위에 포근하게 목을 감싸주는 털목도리처럼 우리 가족이 은혜 곁에 따뜻한 온기로 남아있기를 바라고 또 바랍니다.

〈 슈라네 집 고소한 이야기 〉

친정엄마의 유언, 상민이의 탄생

얼룩무늬 화려한 두건을 쓰고 기약 없는 만남을 약속하며 떠나 보내야 하는 딸을 바라보는 엄마의 모습은 항암 치료로 검게 변한 얼굴빛만큼 애타 보였습니다. 엄마는 슬픔을 감추기 위해 유난히 큰 소리로 또박또박 말했죠.

"이 서방하고 애들한테 잘하고, 엄마 말대로 가서 아들 하나 꼭 낳아라!"

"알았어, 조만간 다시 올게!"

엄마 눈에 애절하게 고인 눈물은 엄마와의 즐겁고 평안한 이별을 다짐했던 나를 무너지게 했습니다. 은혜 손을 잡고 뒤도 돌아보지 않고 집을 나왔죠. 꾹 참았던 눈물은 공항버스에 오르자마자 걷잡을 수 없이 쏟아졌어요. 그동안에는 한국에 왔다가 부모님과 작별 인사를 할 때 아쉬움만 있을 뿐이었는데, 이번에는 가슴이 찢어지듯 아팠어요.

엄마가 폐암 말기라는 기별을 받고 은혜와 한국으로 향했이요. 항암치료로 힘들어하는 엄마 곁을 지키면서 그동안 서먹했던 엄마와의 관계가 새

록새록 가까워지고 깊어졌습니다.

엄마는 문병 오는 친구들이나 친척들을 그냥 보내지 않았어요. 몸이 불편해 누가 오면 귀찮기도 할 텐데, 점심이건 저녁이건 상관없이 꼭 상을 새로 차려 음식을 대접해 보냈죠. 식사 준비는 늘 내 몫이었지만, 나는 피곤한 줄도 모르고 즐겁게 손님을 맞았습니다. 정작 당신은 못 드셨지만, 딸이 손수 차린 음식을 맛있게 먹는 사람들을 보는 것으로 엄마는 행복해하셨어요.

손님과 이야기를 나누다 보면 엄마는 환자라는 것을 잊는 듯했어요. 평소 나에게 하지 못했던 딸에 대한 고마움도 사람들과의 대화 속에 담아 내셨죠. 엄마의 수줍은 표현에 나는 그저 감사했습니다.

마음속에 담아 두었던 많은 말들을 꺼내고 산책도 하며 평생 처음 엄마와 둘만의 시간을 가졌어요. 엄마도 한 남자의 아내이기 전에 여자라는 것을 알았죠. 많은 대화 중 엄마가 여러 번 당부하셨던 말씀.

"아들 하나만 더 낳아라. 쌍둥이 아이들은 이제 다 컸으니 은혜와 너를 위해 아들 하나만 더 낳아."

가끔 내 인생에 화려한 날개를 펴고 꿈꾸려 할 때, 남편의 많은 나이가 꿈의 날개 한쪽을 눌러버려요. 당장 아이를 낳는다 해도 아이가 초등학교 졸업할 때 아빠 나이는 환갑. 그것보다 꼭 아들이란 보장이 없으니 엄마의 바람은 답이 나오지 않는 문제라 생각하며 이탈리아로 돌아왔습니다.

이탈리아로 돌아온 지 두 달 정도 지났을 때, 나는 뜻하지 않게 임신을 했어요. 나이 오십을 앞두고 힘들어하는 남편에게 삶의 무게를 하나 더 얹어 주는 것 같아서, 아이가 넷일 때 주위 사람들 이목이 두려워서, 엄마 상태가 나빠지면 바로 한국으로 가야 하기에 남편에게 말도 못하고 혼자 속앓이를 했습니다. 두근두근 떨리는 마음을 감당하기가 힘들어 엄마에게 전화했어요.

"몸조심하고, 임신했다고 입방정 떨지 말고 처신 잘하고 있어."

표현력이 부족해도 너무 부족한 우리 엄마. '축하한다, 잘했다.' 이 한 마디가 그리 어려우셨을까요. 당신에겐 가장 바라던 일이었을 텐데 말이에요.

남편에게는 3주 정도 지나서 임신 사실을 이야기했어요. 남편은 기뻐하며 은혜를 임신했을 때 도와주었던 의사 디 루크레치아(Di Lucrezia)에게 전화를 했습니다. 그는 이미 정년이 되어 병원에 근무하지는 않았지만, 동료 의사들이 퇴근하면 빈 진료실을 빌려 진료하곤 했어요.

밤 8시에 디 루크레치아를 찾아갔어요. 임신이 확실하다는 진단과 함께 30대 중반의 임산부가 꼭 해야 할 저능아 검사 소견서를 받았습니다.

소견서대로 산부인과에 가서 피검사와 소변검사를 하고 며칠 후 결과를 보러 병원에 갔는데, 담당 의사가 우리 부부를 따로 불렀어요. 의사는 우리가 외국인임을 배려해 천천히 설명했죠. 피검사 결과 저능아일 확률이 97%라고, 양수검사를 해봐야 정확하게 알 수 있지만, 지금 결과로는 심각한 상태라고요.

"양수검사를 해서 저능아가 확실하다면 아이를 유산 시킬 수 있나요?"

"이탈리아에서는 아이가 저능아라고 유산 시키지 않습니다. 이이로 인해 엄마의 생명이 위험해질 경우 외에는 강제 유산은 하지 않아요."

"그러면 이 검사는 왜 하나요?"

"정상적인 아이가 아닌 것으로 판정되면 우리가 함께 엄마 마음을 준비 시키고, 아이가 태어나면 세상에 잘 적응할 수 있도록 도와줍니다."

결국, 아이가 정상이건 비정상이건 이곳에서 유산이란 있을 수 없는 일이었어요.

아빠 나이가 많아서일까? 최근 남편에게 생긴 어지럼증으로 복용했던 약이 원인이 됐을까? 엄마가 받았던 항암치료가 일반인에게도 영향을 미친다는데 그때 내가 엄마와 함께 있었기 때문일까? 집으로 가는 길에 불안한 마음은 걷잡을 수 없이 커졌죠.

우리는 다시 디 루크레치아를 찾아갔습니다. 그는 우리가 받아 온 검사 결과를 확인한 후, 초음파 검사를 하자고 했죠. 아이의 머리 둘레, 척추 길이를 자세히 재고 화면을 꼼꼼히 보더니 아이는 정상이라고 했어요.

남편은 그를 믿었지만, 나는 믿을 수 없었습니다. 남편 나이가 많은 것도, 남편이 약을 복용한 것도 아이와는 상관없다고 했지만, 나는 불안하기만 했어요. 양수검사를 해서 앞으로의 상황에 대처하고 싶었어요. 만약, 아이가 정상이 아니라면 나는 이 아이를 키울 자신이 없었습니다.

"정화야! 하나님이 이 아이도 우리에게 필요해 주시는 걸로 생각해. 우리는 그냥 주시는 대로 감사히 받자, 내가 도와줄게. 우리 이 아이를 사랑으로 잘 키워 보자!"

양수검사를 받는 날 아침, 남편은 내 손을 잡고 말했습니다. 남편의 그 한 마디는 내게 큰 힘과 용기를 주었고, 결국 양수검사를 받지 않았어요.

"아들입니다!"

임신 5개월 정기검진 날, 초음파 검사를 하던 의사가 묻지도 않았는데 알려주었어요. 우리 집에 딸만 셋인 걸 잘 아는 의사였죠. 나는 엄마에게 바로 전화했어요.

"엄마! 좋은 태몽 꾸었지?"

"아들이구나! 태몽은 안 꾸었는데 아들인 줄은 알고 있었어."

상민이 태몽을 꿔준 사람은 아무도 없었습니다. 나는 임신 기간에 비 맞으며 잃어버린 장화를 찾으러 다니는 꿈을 자주 꾸었죠. 의미는 잘 모르지만, 늘 기분이 좋지 않았어요.

길에 다니면 장애아들이 내 눈에 자주 띄었습니다. 그리고 아이의 부모에게 내 눈은 멈춰졌죠. 장애아가 있는 부모의 표정은 밝아 보였고, 아이들은 건강하고 평안해 보였어요.

새로 부임해 온 경찰서장 이름은 몰라도 한 동네에 사는 지체 장애아의 이름은 알고 있는 이곳 사람들은 그들이 지나가면 아이의 이름을 부르며 더 살갑게 인사하고 이야기를 나눕니다.

내가 저 부모라면, 나는 밝은 표정으로 건강하게 아이 곁에 서 있을 수 있을까…. 자신이 없었어요.

아침 일찍 전화벨이라도 울리면 엄마 상태가 안 좋아졌다는 소식일까봐 가슴이 철렁 내려앉았고, 남편 혈색이 좋지 않으면 또 응급실로 달려가야 하나, 아이가 뱃속에서 잘 놀지 않으면 아이가 잘못되있나, 불어나는 배만큼 근심도 늘어갔죠.

양수가 부족해 출산 예정일을 한 달 앞두고 유도 분만으로 아이를 낳았어요. 손발은 제대로 잘 붙어있는지, 아이가 정상인지부터 물어보았죠. 간단한 진료를 통해 아이가 건강하다는 것을 듣고서야 안심할 수 있었습니다. 나이 오십에 아들을 안은 남편은 세상을 다 얻은 듯한 표정이었죠.

"이 서방이 좋아하지? 잘 키워라."

엄마는 아이 이름을 '상민'이라고 지어주었어요. 그리고 한 달 후, 상민이의 출산 예정일이었던 2006년 3월 26일, 엄마는 하늘로 가셨습니다. 병원에서 장례식장으로 옮기는 그 짧은 새벽에 눈이 내렸다고 해요.

엄마의 소천 소식을 듣고 한국행 비행기를 알아봤습니다. 당장 출발해도 발인도 못 보고 장례가 끝난 후에 도착하겠지만, 나는 꼭 가야만 했어요. 태어난 지 한 달. 모유 먹는 상민이를 떼어 놓고서라도 나는 꼭 가야만 했죠.

"그냥 거기 있어라, 엄마는 좋은 데로 가셨다."

아버지의 단호한 말씀에 더는 고집부리지 않았지만, 엄마가 돌아가셨는데 하나밖에 없는 딸이 가지도 못한다는 것은 억장이 무너지는 일이었어요. 이탈리아에 온 것이 처음으로 후회스러웠습니다.

그렇게 멀리서 외롭게 조용히 엄마를 보내 드렸습니다. 장례를 보지 않아서인지, 떨어져 있는 것이 익숙해서인지, 엄마가 돌아가셨다는 것이 믿어지지 않았어요.

가끔 엄마 핸드폰에 전화를 걸었어요. 그럼 꼭 엄마가 전화를 받을 것만

같았죠. 목소리라도 듣고 싶었던 엄마. 나에게 남아 있는 엄마의 마지막 모습은 살아 있는 모습이고, 내 눈을 바라보며 나지막이 했던 마지막 말은 아직도 선명하게 들려요.

"아들 하나만 낳아라."

그 아들에게 젖을 물리며 많이도 울었습니다. 이 아이를 낳느라 엄마 마지막 가는 길도 보지 못한 죄인 같은 내가 한심해서 울었고, 혼자 계신 친정아버지를 옆에서 챙겨드리지 못한 죄스러움에 또 많은 날을 울었어요. 상민이가 주는 바쁜 일과로 시간을 보내면서 서서히 죄책감과 슬픔에서 벗어났고, 남자아이라서 그런지 상민이 하나 챙기다 보면 체력의 한계를 느끼며 쓰러져 잠을 잤어요. 엄마는 알고 계셨던 걸까요? 상민이가 엄마 잃은 슬픔과 허전함을 위로해 줄 거라는 것을요.

유난히 남동생만 감싸고 예뻐했던 엄마. 많은 기대와 끝없는 사랑으로 아들에게 헌신했던 엄마가 이제는 이해가 됩니다. 유난히 막내 상민이를 감싸고, 상민이를 위해 인내하는 내 모습에서 우리 엄마 모습이 보입니다.

내 안에 엄마가 있어요.

너무나도 그리운,

내 사랑하는 엄마가요.

작은 반죽이
부풀어 올라
커다랗게 익듯

성탄절의 빵 '파네토네'의 기적

고요한 일요일 아침. 상쾌한 가을 공기가 집안으로 스며들어 기분 좋게 일어났습니다. 따뜻한 우유와 빵을 앞에 두고 우리 가족은 필요한 때에 새 보금자리가 생긴 것에 감사하며 기도했어요. 나는 피아노를 치고 아이들과 남편은 찬송가를 불렀죠. 이사 온 첫날 아침에 가족과 노래를 부르니 이곳이 천국이라는 생각이 들었습니다.

그때 벨 소리가 났어요. 노래를 멈추고 남편이 현관문을 열었죠. 이사하는 날 주차 문제로 찾아와 남편 친구에게 한 소리 들었던 아랫집 아주머니였습니다. 연분홍색 잠옷을 입고, 맨발에 슬리퍼를 신고, 짧은 퍼머머리는 베개에 눌렸는지 멋대로 누워있었죠.

"나는 일주일 내내 일을 해서 일요일에는 10시까지 자야 해요. 그런데 이른 아침에 피아노를 치다니 사람들이 상식도 없고 경우도 너무 없네!"

아랫집 아주머니의 짜증 나고 화난 말투에 나는 심장이 멈추는 느낌이었습니다. 앞으로 저 아주머니 눈치를 보며 살아야 하는구나, 싶었죠.

"죄송합니다! 앞으로 조심하겠습니다!"

〈 슈라네 집 고소한 이야기 〉

천국 같았던 집이 아랫집 아주머니의 등장으로 지옥이 되고 말았어요.

피아노 뚜껑을 닫고, 조용히 집을 나와 교회로 향했죠.

차 안에서 남편은 큰 소리로 웃기 시작했어요.

"뭐가 그리 급하다고 잠옷을 입은 채 뛰어왔을까?"

아이들은 눌린 머리로 올라와 화를 낸 아주머니 모습을 두 배로 과장하고, 마귀 할머니 흉내까지 내며 더 크게 웃었습니다.

그러나, 남편이나 아이들이 있을 때 와야 할 텐데 앞으로 시도 때도 없이 아주머니가 올라오면 어쩌나 싶은 걱정에 나는 따라 웃지도 못하고 마음이 무거웠습니다.

그날 이후로 아이들이 집 안에서 뛰지 않도록 수시로 잔소리를 했습니다. 그리고 아랫집에서 들리는 소리에 나도 모르게 예민해졌죠.

일주일이 지나니 아랫집 가족 구성원과 그들의 출입 시간이 대충 파악되었습니다. 아주머니, 아주머니의 남편, 스무 살 정도 돼 보이는 딸. 아랫집은 세 식구였어요.

아주머니는 아침 7시면 일어나 세수하고 8시에는 집에서 나가요. 규칙적인 시간은 아니지만, 딸도 항상 집에서 나가 밤늦게 돌아와요. 딸은 엄마와 자주 언성을 높이며 싸우는 듯 이야기하는데 거기에 아저씨가 끼어들기라도 하면 부부싸움이 되는 듯했어요. 아주머니는 12시 30~40분쯤 집에 돌아와 남편과 점심을 먹는데, 식사 중에도 부부의 언성이 높아질 때가 많아요. 그럴 때마다 아주머니는 청소기를 돌리고, 2시가 넘으면 부부는 집을 나서죠. 5시 30분에 아주머니는 집에 돌아와요.

단지 내 정원이 있었는데, 아주머니가 집에 돌아온 시간이면 아이들을 집 밖으로 내보내지 않았습니다. 11월 늦가을 추위가 시작되기도 했고, 이웃에게 피해가 되고 싶지 않았고, 더 솔직한 이유는 무시당하고 잔소리 듣고 싶지 않아서였어요.

"뭘 그리 신경 쓰고 살아! 아랫집 사는 사람이 더 피곤하지."

하루 종일 나갔다가 저녁에 들어와 밥 먹고 자면 그만인 남편은 내가 이해되지 않았을 겁니다.

"우리나라에서 이사하면 떡 돌리듯이 여기에는 그런 것 없나요?"

"없어. 신경 쓰지 말고 우리 할 일만 잘하면 돼."

이웃과 불편한 관계를 개선하고 싶은 내 마음을 남편은 대수롭지 않게 생각했죠.

"한 달 후면 크리스마스인데, 그때 선물을 하나씩 돌리면 어떨까요?"

내 제안에 남편은 고개를 절레절레 흔들었어요.

"선물을 왜 해! 그런 거 하면 더 불편해 해. 정 뭘 해야 네 마음이 편하다면 그냥 파네토네(panettone)나 슈퍼에서 사서 하나씩 돌려."

"파네토네?"

아주 먼 옛날, 밀라노에 루도비코 일 모로(Ludovico il Moro)라는 지주가 있었습니다. 지주는 크리스마스 점심에 많은 손님을 초대할 것이니 특별식을 정성스럽게 준비하라고 주방장에게 명했죠.

크리스마스날 바쁘게 뛰어다니며 음식을 준비하던 주방장은 그날의 하이라이트가 될 멋진 케이크를 오븐에 넣어 둔 것을 잊어버리고 그만 다

태우고 말았습니다.

'이 중요한 날 케이크를 태우다니!'

막막해하는 주방장에게 부엌에서 잔일을 도와주던 소년 토니(Toni)가 조심스럽게 말했어요.

"오늘 아침에 부엌을 정리하다 남은 재료를 모아 만들어 본 빵이 있는데, 모양은 근사하지 않지만, 냄새는 그럴듯해요. 이거라도 상에 올려보는 건 어떨까요?"

주방장은 케이크가 없어도 문책을 당할 것이고, 케이크가 맛없어도 문책을 당하기는 마찬가지일 테니 토니의 빵을 올려 시간을 벌기로 했죠.

쓰고 남은 밀가루 반죽에, 남은 견과류와 오렌지 껍질을 넣어 높이 30cm 정도의 긴 원통 모양을 한 검은색의 빵. 주방장은 이렇게 끔찍한 모양의 빵은 처음 보았어요. 하지만 토니 말대로 냄새는 그럴 듯했죠.

준비했던 요리가 하나씩 테이블에 올려지고 빈 접시가 하나 둘 부엌으로 들어오고, 드디어 후식 먹을 시간이 되었어요. 주방장은 토니의 빵을 시식하는 지주의 얼굴을 떨리는 마음으로 바라보았죠.

"이 빵 이름이 무엇이냐?"

"il pane di toni(토니가 만든 빵인데요)."

지주의 물음에 주방장은 '토니가 만든 빵'이라고 대답했어요.

이름도 없는 정체불명의 빵을 맛본 지주는 폭신하고 달콤한 맛과 견과류 씹히는 질감에 극찬했죠. 그 후로 빵의 이름은 'il pane di toni(일 파네 디 토니)'가 변하여 'il panettone(파네토네)' 라고 불리게 되었습니다 재미있는 이야기가 담긴 파네토네는 이탈리아 전 국민이 크리스마스에 먹는 빵입니다. 남편의 뜻에 따라 파네토네를 사서 이웃들에게 나눠주기로 했죠.

여덟 개를 준비해 12월 24일, 1층부터 인사를 하고 맨 마지막에 아랫집으로 갔습니다. 떨리는 마음을 가다듬고 숨 한 번 크게 들이쉰 후, 아랫집 현관문 앞에 섰죠. 남편이 벨을 누르자 아주머니가 문을 살짝 열었어요.

"크리스마스도 되고 해서 인사를 나누려고 왔어요."

그녀는 문을 활짝 열어주었고, 거실에 있던 그녀의 남편도 얼굴을 내밀더니 현관문 앞으로 나왔습니다. 우리는 파네토네와 샴페인이 들어있는 작은 상자를 건네며 'Buon Natale(본 나탈레)' 성탄 인사를 했습니다.

아랫집 아주머니의 웃는 얼굴을 그날 처음 보았어요. 1분도 지나지 않아 우리의 크리스마스 인사는 끝났지만, 나는 한 달 동안 안고 있었던 무거운 돌 하나를 내려놓은 기분이었어요.

12월 25일이 예수님의 탄생을 기념하는 전 세계적인 축제라면, 1월 6일은 동방박사 세 명이 아기 예수의 탄생을 축하하기 위해 아기 예수를 찾아가 선물을 전달한, 이탈리아에서는 중요하게 여기는 날입니다.

마귀 할머니가 부모님 말씀을 잘 듣는 아이에게는 양말에 사탕을 넣어서 주고 그렇지 않은 아이에게는 검은 석탄을 넣어 준다는, 마귀 할머니의 재미있는 선물이 전해지는 날이기도 하죠.

1월 6일 저녁, 아이들을 목욕시키고 화장실을 정리하는데 벨이 울렸습니다. 아랫집 아주머니 목소리가 들려왔죠.

〈 슈라네 집 고소한 이야기 〉

"마귀 할머니가 착한 아이들에게 주는 선물이야!"

그녀는 양말 모양의 사탕 꾸러미 두 개와 학용품을 아이들에게 전하고 내려갔어요.

"정말 마귀 할머니가 사탕 주는 날 맞네!"

지혜의 말에 우리는 한바탕 배꼽을 잡고 웃었습니다.

이사하면 떡을 돌려 인사하며 얼굴을 익히고 마음을 여는 우리나라의 작은 나눔이 이곳에서도 통한 걸까요? 갑작스러웠던 크리스마스의 작은 선물, 파네토네의 묵직한 달콤함이 아랫집 아주머니의 마음을 녹아 내리게 한 것 같아 기뻤습니다.

가끔 남편은 나의 피아노 반주에 노래했어요. 여름에는 창문을 열고 노래했는데, 노래가 끝나면 단지 내 사람들이 박수 치고 "Ancora(앙코라)"를 외쳤죠. 남편을 만나면 목소리 칭찬을 하며 노래 좀 자주 불러 달라는 부탁도 했고요.

6년이라는 시간이 흐르고, 집에 손때가 묻어 정이 들 때쯤 다른 동네로 이사하게 되었습니다. 아랫집 아주머니는 새집에서도 건강하고 화목하라며 유리로 장식한 작은 원반형 접시를 손수 만들어 선물해주었죠. 그리고 딸 결혼식에 와서 축가를 불러줄 수 있는지 남편에게 어렵게 물었어요.

우리는 아랫집 딸 결혼식에 참석했고, 남편은 멋지게 축가를 불렀습니다. 이사 온 첫날, 시끄럽게 노래한다고 잠옷 차림으로 달려와 얼굴 붉혔던 그녀는 아름다운 신부의 어머니가 되어 감격에 찬 표정으로 남편의 노래를 들었어요.

불가능한 것이 가능하게 되는 것을 기적이라고 하죠. 이탈리아에서 깨달은 또 하나의 기적이 있습니다. 바로 사람의 마음이 움직이는 것.
소박한 빵 하나로 마음이 열리고, 용서하고, 사랑이 전달된 기적. 성탄절에 우리는 '파네토네'의 기적을 맛보았습니다.

빵 배달은 눈물을 싣고

어려웠던 유학 시절, 그러니까 나를 만나기 오래 전 남편의 이야기입니다.

남편은 빵 공장에서 배달 일을 했습니다. 이탈리아에는 빵을 직접 만들어 파는 빵집이 있고, 공장에서 만든 빵을 받아서 파는 빵집이 있어요.

빵을 받아서 파는 빵집 주인들은 가끔 배달된 빵을 반으로 툭 잘라 보곤 하는데, 잘린 부분의 색깔과 냄새만 맡아도 제대로 구워졌는지 좋은 밀가루를 사용했는지 발효는 적당히 되었고 수분과 소금의 양은 정확히 들어갔는지 기가 막히게 알아낸답니다.

어느 날 배달을 하고 공장으로 돌아왔는데, 사장이 신경질 섞인 목소리로 배달한 빵을 모두 거둬 오라고 했어요. 빵을 회수하려고 되돌아가니 빵집 주인들 모두 화가 많이 나 있었죠.

"너희 사장 아주 얌체 같은 놈이야! 돈을 얼마나 벌겠다고 밀가루를 싼 걸로 바꿔!"

단가를 낮춰보겠다고 평소에 사용하던 밀가루와 가격이 조금 낮은 밀가루를 섞었는데, 빵집 주인들이 알아챈 것이었어요.

이탈리아에서 빵을 만드는 사람이 밀가루 질을 낮추고 먹는 사람을 속이려 하는 것은 상도에 어긋날 뿐 아니라 자존심을 건드리는 문제예요. 하루도 빠지지 않고 빵을 먹는 이탈리아 사람들에게 빵의 맛과 질은 생활의 활력소 역할을 할 만큼 중요했죠.

이른 새벽부터 시작되는 작업이 피곤해서인지 빵 공장 사장은 가끔 신경이 날카로워지곤 했어요. 하루는 새벽 배달을 마치고 작업장으로 들어갔는데 오븐 판에 검게 타버린 빵이 놓여 있었죠. 이탈리아 사람들이 즐기는 아침 빵 중 하나인 '브리오슈'였어요. 브리오슈는 버터의 양이 많고 얇은 밀가루 반죽을 겹겹이 밀어 놓은 것이라 조금만 정신을 놓으면 오븐 안에서 금방 타버리고 말아요. 진하고 고소한 버터 향기에 배가 고팠던 남편은 용기를 내 사장에게 물었죠.

"이거 버리려고요?"

"응"

"내가 먹어도 돼요?"

"응, 먹어!"

겉이 타 상품 가치가 없을 뿐, 못 먹을 정도는 아니었어요. 한 겹 한 겹 찢어지는 빵의 바삭하고 쫄깃한 부분이 입술에 닿을 때의 촉감은, 옛날에 겨울이면 엄마가 해주었던 찹쌀떡보다 더 쫀득하고 부드러웠어요.

'엄마가 만든 찹쌀떡은 두 개만 먹어도 배가 불렀는데, 이 빵은 먹어도 먹어도 배가 부르지 않네?'

그렇게 먹은 빵이 일곱 개. 하나를 더 먹으려는 순간, 사장은 오븐 판을 번쩍 들더니 남아있는 빵을 아무 말 없이 휴지통에 버렸어요. 빵이 타서 팔지 못한 것도 속상한데, 그 빵을 너무나 맛있게 먹는 남편의 모습에 사장은 더 화가 났던 거죠.

남편은 한동안 엉거주춤한 자세로 서 있었어요. 눈에 눈물이 맺혔죠.

'인생을 논할 자격증 하나 받았다고 생각하자!'

남편은 생에 처음으로 눈물 젖은 빵을 먹었지만, 긍정의 힘으로 옷에 붙은 먼지를 털듯 자신의 초라함을 떨쳐냈어요.

1월 29일 이른 새벽, 임신 중인 아내가 갑자기 통증을 호소했습니다. 남편은 아내를 서둘러 입원시키고 급하게 빵 공장에 가서 이 사실을 알렸죠.

"아내가 곧 아이를 낳을 것 같아서 오늘은 일을 못 할 것 같아요."

"나도 애가 세명인데 아이 낳을 때 한 번도 병원에 가보지 않았어. 그래도 혼자 알아서 잘 낳더라."

사장의 말에 남편은 어이가 없었어요.

"그래도 나는 병원에 가봐야 할 것 같아요."

"그럼 오늘은 오전 배달만 하고 가 봐!"

남편은 이탈리아 친구에게 연락해 아내와 함께 있어 달라고 부탁하고 서둘러 빵을 배달했어요. 내가 없을 때 아이를 낳으면 어쩌나… 불안한 마음을 억누르며 급하게 움직이다가 커다란 빵 바구니를 떨어뜨리고 말았죠.

넓은 슬리퍼 모양의 빵 '치아바타'가 내던져진 신발 짝처럼 길바닥에 널브러졌어요. 빵을 하나하나 주워담는데 가슴 깊은 곳에서 묵직한 무엇이

〈 슈라네 집 고소한 이야기 〉

목구멍으로 치받쳤어요.

아내가 보고 싶었어요. 아무도 없는 낯선 병실에서 혼자 심한 통증과 두려움에 떨고 있을 그녀가 너무 애처로웠어요.

'이곳에는 우리 둘밖에 없고, 무엇보다 지금 나는 아내 곁에 있어야 한다!'

남편은 배달을 마치고 공장으로 돌아가 그만두겠다고 말하고 그동안 일한 돈을 받아 빵 공장을 나왔어요. 바로 병원으로 달려갔죠. 다행히 아내는 다음 날 새벽 쌍둥이를 낳았습니다.

겨울방학이 끝나고 학교에 가니 이탈리아 말이 놀라울 정도로 많이 늘었다며 선생님들이 칭찬을 했어요. 빵 공장에서 일하며 이탈리아 사람들과 말하다 보니 말문이 트였던 거죠.

얼마 전, 남편은 우연히 그 빵 공장 앞을 지나게 되어 공장으로 들어갔어요. 그때 눈물 젖은 빵을 먹게 한 사장은 지금 어떤 모습으로 살고 있을지 궁금했죠. 빵을 배달하며 받은 돈 몇 푼보다 더 크고 값진 것을 느끼고 배웠기에 한 번쯤 만나고 싶었지만, 사장이 바뀌고 다른 사람들이 빵을 만들고 있었어요.

생명을 지키는 디 루크레치아

"저녁은 잘 먹었어? 소변은 보기 시작했고?"

고통과 기쁨과 감동의 눈물을 선물한 은혜를 낳은 날, 병원 창가 한구석
에서 하늘에 덩그러니 걸려있는 둥근 달을 보며 친정엄마를 그리워하고
있을 때, 디 루크레치아가 다가와 물었습니다.

저녁 9시가 다 되도록 퇴근도 안 하고 병원에 남아 있는 나의 담당 의사
디 루크레치아.

낯선 나라에서 산부인과를 찾아간다는 것은 보통 두려운 일이 아니에요.

첫 임신을 했다는 소식에 동네 언어학교 선생님이 산부인과 의사인 친구
를 소개해주었죠.

처음 진료받기로 한 날, 약속 시각 한 시간이 지나서야 기다리던 산부인
과 의사 디 루크레치아를 만났습니다.

50대 중반으로 보이는 그는 크지 않은 키에 수염이 덥수룩했어요. 목이
늘어진 겨울 스웨터에 하얀 가운을 입고 넓적한 검정 신발을 신고 있었

죠. 병원에서 봐서 의사지 밖에서 봤으면 치즈 가게 점원으로 보일 정도로 평범한 동네 아저씨 같았어요. (이탈리아에서는 하얀 가운을 의사도 입고, 치즈나 햄 파는 상점에서 일하는 사람도 입고, 페인트칠하는 아저씨들도 입습니다.)

처음 받아보는 산부인과 진료라서 많이 떨리고 긴장되었는데, 이탈리아 북부 사람답게 무뚝뚝한 표정의 의사는 나를 더욱 경직되게 만들었습니다. 칸막이도 없는 허름한 진료실, 산부인과 진료에 대해 누구 하나 자세히 알려주는 사람이 없었기에 불편하게 진료를 받았죠. 말이 없는 사람인지, 말을 아끼는 사람인지, 본인이 궁금한 것만 묻는 의사에게 알 수 없는 거리감도 느껴졌어요.

다음 진료를 예약하고, 기본적인 검사를 받을 수 있는 소견서를 받은 후, 진료비를 사양하는 그와 악수로 인사하고 진료실을 나왔는데, 이상하게도 고마움보다는 부담감이 더 컸습니다. 계속 이 의사에게 진료를 받아야 하나 고민이 되었지만, 다른 의사를 알아보고 예약하기도 쉽지 않아 고민을 접었죠.

입덧이나 특별한 증상 없이 3주가 지났어요. 디 루크레치아를 찾아가 초음파 검사를 하는데 의사 표정이 좋지 않았죠.

"아이가 움직이지 않는 것이 유산이래. 지금 입원해서 내일 아침에 수술해야 한다는데."

의사는 남편에게, 남편은 다시 나에게 조용히 말했습니다.

마음의 준비 없이 된 임신이었기 때문인지, 기쁨을 함께 나눌 부모님이 없어서였는지, 낯선 곳에서 아이를 낳아야 하는 두려움 때문이었는지, 나에게 첫 임신은 기쁨도 기대도 없었습니다.

그리고 몇 주 만의 유산은 슬픔이나 아쉬움 없이 그저 무덤덤하게 다가왔죠. 남편은 내 옷을 챙기러 집에 가고, 나는 병원에 혼자 남았어요. 의사는 나를 데리고 다니며 병원을 안내했죠. 그의 친절이 당황스러웠지만, 이제 두 번 진료한 나를 간호사들에게 소개하고 병원이 낯설지 않도록 배려하는 그의 모습에서 진심이 느껴져 그동안 정 없고 이상한 의사라고 생각한 것이 미안했어요.

타국에서 병실에 홀로 앉아 남편을 기다리는데, 외로움에 서글프기도 하고, 남편에게 미안하기도 하고, 참 묘한 감정이 일었어요.

유산한 지 1년 반 만에 기다리고 바라던 임신을 했습니다. 아이를 갖는 것이 내 뜻이 아니라 하늘이 정해주는 하나의 섭리임을 알게 되었을 때였죠.

밤 10시부터 진통이 시작돼 병원에 갔어요. 입원 소식을 들은 디 루크레치아는 다음 날 아침 병원으로 달려와 내 상태를 수시로 확인하며 내 곁을 지켜주었죠. 그날 오후 6시에 은혜를 낳았어요.

"저녁은 잘 먹었어? 소변은 보기 시작했고?"

늦도록 퇴근도 안 하고 내 상태를 확인하는 디 루크레치아를 보며 나는 웃음으로 대답했습니다.

〈 슈라네 집 고소한 이야기 〉

디 루크레치아. 그는 야간진료는 물론 다른 사람들이 일하기 싫어하는 날도 자진해서 일했어요. 명절이나 크리스마스, 연말연시, 부활절, 여름 휴가철이면 병원에서 그를 꼭 만날 수 있었죠. 혼자 사니 가족 있는 사람들에게 귀한 시간을 양보했어요.

디 루크레치아 진료실 앞에는 내가 그랬던 것처럼 외국인들이 항상 기다리고 있었어요.

이탈리아에도 중국 연변의 조선족들이 많이 와 일하고 있어요. 대부분이 불법으로 체류하고 있어 아픈 것을 참다가 큰 병으로 커져 의사의 처방이 필요한 사람들이 많죠. 그는 산부인과가 아니어도 치료를 위한 기본적인 약을 처방해주고, 복용이 끝날 때쯤 전화를 걸어 환자의 상태를 확인했어요. 그의 세심함에 조선족은 물론 의료보험 혜택이 제한적인 한국 유학생들도 마음 따뜻한 치료를 받았죠.

그는 한 번도 해외로 봉사를 나간 적이 없어요. 이탈리아에 사는 어렵고 힘든 외국인들을 돌보는 것으로 나눔을 실천하고 있죠. 본인이 있는 자리에서 겸손하고, 검소하게 사는 그의 삶은 소외된 외국인들에게 넉넉한 위로와 따뜻함을 주었어요.

오늘도 그는 새로운 생명을 맞이하기 위해 늦은 밤 퇴근한 동료의 병실을 지키고 있을 거예요. 디 루크레치아처럼 살아 있는 의사가 있다는 것이 나를 살맛 나게 합니다.

때가 되면 떠나는 철새처럼

올해도 선화 아주머니의 고소하고 담백한 북경 만두가 없었다면, 설인지도 모르고 지나갔을 거예요. 아주머니는 이탈리아에 사는 조선족입니다. 체류허가증이 없어 생활의 많은 부분에서 불이익과 제약을 받고 있죠. 교회에서 알게 된 선화 아주머니는 지병이 있음에도 의사의 처방을 받을 수 없어 내가 알고 있는 의사 디 루크레치아를 소개해주면서 가까워졌어요.

"2~3년만 더 있다가 중국으로 돌아갈까 싶어."
해외에서 살다 보니 마음 주고 정 주었던 사람이 이곳을 떠난다고 하면 가슴을 쓸어 내리게 됩니다. 이별의 슬픔도 슬픔이지만, 의지했던 마음의 한 공간이 비워지고 다시 그 안을 메우는데 많은 시간이 걸리기 때문이죠.
선화 아주머니의 삶을 생각하면, 외국 생활에서 오는 까닭 없는 분노와 방황이 오히려 사치스럽게 느껴지곤 해요.

강원도 사투리 비슷한 북한 말씨를 쓰는 아주머니는 작은 방직공장을 운영하던 남편과 이혼하기 전까지 아홉 살 된 아들과 함께 평범하게 살았어요. 남편은 고향에서 올라와 특별한 정을 나누며 친동생처럼 지내던 공장 여직원과 바람이 나 아주머니에게 이혼을 요구했죠. 그때 아주머니는 둘째를 임신한 상태였어요. 앞이 캄캄해지고 땅이 무너지는 듯했지만, 친정엄마의 위로와 보살핌으로 견뎌 낼 수 있었어요. 남편은 큰아들을 데려가고, 작은아들이 열여덟 살이 될 때까지 책임지기로 합의했지만, 단 한 번도 양육비를 보내준 적이 없어서 아주머니는 굳게 결심했죠. '돈을 벌자! 돈이 있어야 사람들에게 무시당하지 않고 살 수 있다!'

선화 아주머니는 6개월 된 아이를 친정엄마에게 맡기고, 먼 친척이 소개해 준 북경에 있는 만두집으로 떠났습니다. 잠잘 곳이 없어 식당 영업이 끝나면 식탁을 붙이고 그 위에서 잤지만, 일할 수 있다는 것에 감사하며 열심히 일만 했죠.

아주머니는 냉면을 아주 잘 만들었습니다. 아주머니가 온 후 식당에서는 냉면도 팔았는데, 점심에는 만두와 냉면을 먹기 위해 사람들이 줄을 설 만큼 장사가 잘 되었어요.

아주머니가 만든 북경 냉면을 나도 맛본 적이 있어요. 동치미 국물처럼 무와 채소를 우려낸 진하고 시원한 국물은 다른 한식당 냉면과는 비교할 수 없을 만큼 깊고 개운해 한 번 먹어본 사람은 절대 잊을 수 없는 맛이었죠.

시간이 지나면서 식당을 오갔던 남자들은 아주머니가 혼자 타향살이를 한다는 것을 알고 도를 넘는 짓궂은 장난으로 아주머니를 괴롭혔습니다.

아주머니는 아들이 너무나 보고 싶고, 남자들의 치근거림을 견딜 수가 없어 북경에 온 지 1년 만에 집으로 돌아갔습니다.

아이가 엄마 얼굴에 익숙해지고 엄마를 부르고 따를 때쯤, 아주머니는 사이판에 있는 한 방직공장에 일하러 가게 되었어요. 한국 사람이 운영하는 이 방직공장에는 조선족과 중국인 300명 정도가 일하고 있었는데, 사장은 직원들을 일하는 시간에는 꼼짝 못하게 했어요. 하루에 만들어야 하는 분량이 정해져 있어 기계처럼 각자 맡은 위치에서 쉴새 없이 똑같은 일을 반복했고, 화장실도 일이 다 끝나고 숙소에 돌아가서야 갈 수 있었죠. 아주머니는 변비에 방광염까지 생겼어요.
6개월의 고된 시간이 지나고 일이 제법 손에 익자 집에 두고 온 아들이 눈에 밟혔어요. 너무나 보고 싶은 마음에 지친 몸을 핑계로 일을 그만두고 집으로 돌아갔죠. 친정엄마의 정성으로 건강하게 잘 자라고 있는 아들과 돈을 벌어 온 누나를 반기는 동생들을 보니 지쳤던 마음에 새로운 힘이 났어요.

유럽에 가면 사람대접도 받으면서 돈을 많이 벌 수 있다는 이야기를 듣고 비밀리에 일자리를 알아봐 주는 회사를 통해 독일로 향했어요. 독일에서 중국 사람이 운영하는 오리고기 전문점, 양복 수선하는 집, 사무실 청소 등 닥치는 대로 일을 했죠.
몇 년이 지나 그리스 사람이 운영하는 공장에서 일하게 되었는데, 회사에서 체류 허가증을 연장해 주지 않았어요. 독일은 작은 동네에서도 이동할

때 검사를 철저히 해서 체류 허가증이 없으면 불편하고 두려워 살 수가 없어요.

그때 이탈리아에서는 체류 허가증 검사가 심하진 않다는 이야기를 들었어요. 간단히 짐을 꾸려 이탈리아로 가는 버스에 몸을 실었는데, 오스트리아 국경에서 서류 심사에 걸려 감옥에 투옥되고 말았죠. 하루 만에 독일로 호송되어 다시 서류 심사를 받고 임시 신분증과 갖고 있던 패물, 돈을 빼앗긴 채 경찰서에서 나왔어요. 무작정 역으로 간 아주머니는 장거리를 운행하는 택시 기사를 만나 신발 창 밑에 숨겨 놓았던 돈을 내고 이탈리아로 올 수 있었죠.

이탈리아에서도 많은 일을 하며 고생했지만, 아주머니에게는 가족이라는 희망이 있었어요. 시간이 날 때마다 개인적으로 옷 수선을 했는데, 바느질 솜씨가 좋다 보니 소문이 나 일거리가 밀려들었죠. 그 동안 번 돈을 중국에 보내 동생들을 출가시키고 친정엄마에게 집도 사드렸습니다.

생활이 안정되자 큰아들이 자꾸만 생각났어요. 어느 날 용기를 내 남편에게 전화했죠. 큰아들을 일본으로 유학 보냈다는 말에 남편이 너무나 고마웠어요. 아주머니는 용돈이라도 보내주고 싶으니 아이 연락처 좀 알려 달라고 했지만, 남편은 매번 이상한 핑계를 대며 알려주지 않았어요. 왠지 모를 불안감이 가슴을 조여왔어요. 여기저기 부탁해 아들의 소식을 알아보았는데, 돌아온 소식은 큰아들이 스무 살 되던 해 뇌종양으로 세상을 떠났다는 도저히 받아들일 수 없는 이야기였죠.

〈 슈라네 집 고소한 이야기 〉

"아버지! 한 번만이라도 좋으니 어머니 목소리 좀 듣게 해주세요!"

큰아들이 아버지에게 부탁한 마지막 소원이었어요. 종양과 무섭게 싸우며 버티는 아들을 위해 남편은 용기를 내 처가에 여러 번 전화하고, 직접 찾아가 사정하며 아주머니의 연락처를 물었지만, 그 누구도 아주머니의 연락처를 알려 주지 않았어요.

결국, 큰아들은 엄마 목소리를 듣지 못하고, 아버지는 아들의 마지막 소원 하나 들어주지 못하고 헤어져야 했죠.

"아들이 아파하는 모습을 보니 차라리 내 살을 찢는 게 낫지. 내가 저지른 죗값이다 싶어 말하지 못했어."

15년 넘게 타국에서 살을 깎아내는 고통 속에서도 가족 생각에 버틸 수 있었고 살아갈 수 있었는데, 가족들은 나를 사랑하지 않았구나. 내 마음을 조금이라도 헤아렸다면, 내 아들을 저렇게 쓸쓸하게 혼자 떠나 보내지는 않았을 텐데…. 아주머니는 모든 것이 다 원망스러웠어요.

큰아들이 세상을 떠난 지 7년이 지났지만, 아주머니에게 큰아들은 자기 키보다 커 발이 페달에 겨우 닿는 자전거를 타며 즐거워하던 아홉 살 때 모습으로 사진처럼 남아있어요. 여섯 살 때 마지막으로 보고 전화로만 만난 작은아들은 벌써 스물한 살 청년이 되었고요.

"아들이 보고 싶은데 막상 아들을 보려니 겁이 나네. 중국으로 돌아가자니 그동안 집에 돈만 보냈지 내가 노후에 할 수 있는 일이며 내 방 한 칸 마련해 놓지 못했어."

외로움과 허전함을 달래기 위해 중국어 자막이 나오는 한국 드라마를 늘 켜

놓는 아주머니. 타국에서 의지할 그 무엇 없이 한 많은 인생을 보낸 아주머니가 고향에 돌아가 편안한 여생을 보냈으면 하는 바람이 내겐 있어요.

나도 언젠가는 이곳을 떠날 날이 오겠죠. 외국에 산다는 것은 텅 빈 마음을 움켜쥐고 고향을 그리워하며 끊임없이 날갯짓하는 철새와도 같아요. 돌아갈 날이 언제일지는 모르지만, 우리가 이곳에서 함께 만들어간 시간을 사랑으로 끌어안으며, 지친 삶을 따뜻이 보듬으며, 언제라도 한 쪽 가슴을 내어 줄 수 있는 넉넉함으로 머무르고 싶어요.

〈 슈라네 집 고소한 이야기 〉

나의 살던 고향의 빵은…

"우리 동네에서 제일 맛있는 빵집에서 산 빵이야."

이탈리아에 처음 와서 알게 된 옆집 할머니 안젤라의 고향은 만토바예요. 어느 날 고향에 다녀왔다면서 커다란 봉지에 가득 담긴 빵을 보여주었죠.

십자가 모양으로 길고 얇게 꼬아져 있는 과자 같은 빵과 둥글게 돌돌 말아 뚱뚱한 달팽이 옆 모양 같은 빵을 안젤라는 몇 개만 남기고 냉동고에 넣었어요. '혹시 나눠주려나?' 했던 내 기대도 빵과 함께 냉동고 안으로 들어가 얼어버렸죠. 여기도 빵집이 많은데 안젤라는 왜 저렇게 빵을 많이 사왔을까요?

내 고향은 충청남도 성환입니다. 천안과 평택 사이에 있는 작은 도시인데 이 동네에는 없는 것이 많았죠. 부모님은 주말 저녁이면 가끔 영화를 보러 가셨어요. 성환에는 극장이 없어 천안으로 영화를 보러 가셨는데, 두 분이 영화를 보고 온 다음 날이면 어김없이 마루에 천안의 명물 호두

과자가 놓여있었습니다.

동갑내기 부모님은 같은 일을 하면서 함께 있는 시간이 많아져 말다툼을 자주 하셨어요. 부부싸움을 목격할 때마다 나는 무서운 꿈의 한 장면 속을 걷는 것 같았죠. 이런 부모님이 영화를 보고 왔다는 건 서로 사랑하고 있다는 것을 나에게 알려 주는 것이었어요. 마룻바닥에 놓인 호두과자는 사랑에 대한 증거물로 어린 내 마음에 한없는 기쁨이었죠.

아침에 눈 뜨자마자 아무 감각 없는 혀에 호두과자 하나를 밀어 넣으면 맛은 느껴지지 않았지만, 마음에 안정제를 맞은 것 같은 평안함을 느꼈어요.

〈 슈라네 집 고소한 이야기 〉

솔직히 나는 호두과자를 좋아하지 않았어요. 호두과자에 들어간 팥도 싫었고, 그 속에서 살짝 씹히는 호두도 싫었어요.

그러나 그것을 다 먹어야 부모님이 또 영화를 보러 가실 거라는 기대 때문에 얇은 유지로 예쁘게 싸여있는 호두과자를 동생 것 몇 개만 남기고 학교에 가져가 친구들에게 나누어주었죠.

"우리 엄마·아빠가 천안에 가서 영화 보고 왔다!" 아이들에게 자랑하면서요.

지금도 내가 한국에 가면 아버지는 천안 호두과자를 꼭 사오십니다. 그것도 옛날 아버지가 늘 사왔던 그 가게, 원조 빵집을 찾아가서요.

"우리 딸이 좋아하는 호두과자, 이태리에는 이런 것도 없지?"

아버지는 내가 호두과자를 굉장히 좋아하는 것으로 알고 계시죠.

네, 아버지. 이태리에는 없어요. 당신께서 나에게 주셨던 평안한 안정제, 따뜻한 사랑의 추억은 오직 천안 호두과자에만 있어요.

안젤라가 가져온 고향의 빵에도 혹시 이러한 사연이 담긴 건 아닐까요!

고향에 다녀온 안젤라의 모습은 마치 어린아이가 사탕을 한아름 주머니에 꾹 넣어 두었다가 하나씩 꺼내 먹는 것처럼 재미있는 모습이었어요.

한동안 안젤라는 아침, 점심마다 냉동고에서 빵을 꺼내 추억의 간을 맞추며 맛있게 먹을 거예요.

사랑의 씨를 뿌리는 그녀, 가브리엘라

"내 남편은 자신의 키에 무척 만족하고 있고, 나는 기본 5cm 정도 굽이
있어야만 신발로 보여!"
이웃 '가브리엘라'는 용감한 멋과 남다른 배짱이 있는 멋진 친구입니다.
남편보다 큰 키를 자랑하는 그녀는 나처럼 남편의 자존심을 배려해 납작
신발은 절대로 신지 않아요. 50이 넘는 나이에도 열심히 굽 높은 구두를
신고 허리를 쭉 펴고 다니는 멋쟁이 아줌마죠.

함께 있을 때 잘 안 어울려 보이는 이 부부는 일요일 아침, 남들이 성당
에서 미사를 드리는 시간에 카페에서 커피를 마시고, 미사가 끝날 때쯤
팔짱을 끼고 집으로 돌아와요.
바지런한 그녀의 집은 먼지 하나 없이 깨끗하고 빛이 나서 차 한잔 마시
려고 상민이와 놀러 가면 가구나 유리창에 손자국이 남을까 봐 조심했죠.
그런 그녀가 1년에 두 번 깔끔한 성격답지 않은 일을 합니다.

1986년, 우크라이나 체르노빌 원자력발전소 사고로 많은 인명 피해가 있었어요. 그 피해로 사람들은 힘들어하고, 사고 후에 태어난 아이들은 기형으로 고생하고 있죠. 이탈리아를 비롯한 유럽 국가들이 우크라이나를 돕기 시작했는데, 그 중 하나가 고아나 지체 장애아들을 위한 구호 손길이었어요. 가브리엘라는 우크라이나의 고아원에서 한 아이를 이탈리아로 초대해 매해 여름과 겨울을 그 아이와 함께 보내기로 했죠.

첫해에 아홉 살이었던 그 아이 눈빛은 어두웠어요. 하지만 가브리엘라 부부를 서투른 이탈리아 말로 "마드레, 빠드레" 부르며 잘 따랐죠.
방이 없어 다 큰 딸들과 한방에서 지내게 하고, 레고 조각이 여기저기 널브러져 집안이 어수선해도 그녀의 가족은 자신들의 삶 한 부분을 이 아이에게 기꺼이 내어 주었어요.
"우유 사러 가자!" "저녁에 먹을 빵이 없네!"
가브리엘라의 남편은 무뚝뚝한 밀라노 사람인데, 어느 해 여름에 오토바이를 주문하더니 아이가 오자 오토바이를 앞뒤로 타고 슈퍼에 다니며 부자의 정을 쌓았죠.
아이가 우크라이나로 돌아가면 가브리엘라는 며칠을 허전해했어요. 아이가 잘 먹는 파스타나 소스를 우편으로 보내기도 하고, 전화 통화로 안부를 묻곤 했죠.
아이를 초청하는 비용을 그 아이가 있는 고아원에 기부 형식으로 보내면 쉽고 편할 텐데, 불편함을 택한 그녀의 사랑은 그 아이는 물론 그녀의 생활을 더욱 활력 있고 기름지게 만들었어요.

열일곱 살 청년이 된 그 아이는 컴퓨터 프로그래머가 꿈이에요. 그 아이가 꿈을 이룰 때까지 가브리엘라와 그녀의 가족은 든든한 응원자가 될 거예요.

가톨릭 국가답게 이탈리아 사람들은 구제와 선한 일이 올바른 믿음의 모습이고 구원의 방법이라고 생각합니다. 하지만 절실한 기독교인이 아닌 가브리엘라 가족의 나누는 삶이야말로 사랑을 실천하는 믿음이 아닐까요!

촉촉하고 부드럽게,
향기롭고 다정하게

같은 곳을 바라보며…

우리 곁에는 늘 아이들이 있었습니다. 쌍둥이 아이들이 좀 컸을 때 은혜가 태어났고, 은혜가 좀 컸을 무렵 상민이가 태어났죠. 결혼기념일도 아이들과 함께 여느 때와 다름없는 하루로 감사하며 보냈어요.

"내년에는 근사한 이벤트 준비할게."

남편은 매해 같은 말로 나를 위로하곤 했죠.

그런데 웬일일까요! 올해는 남편이 결혼기념일 한 달 전부터 바르셀로나 여행을 준비했어요. 14년 만에 둘만의 여행을요.

스물네 살이 된 다혜, 지혜에게 동생들을 맡기고 바르셀로나로 향했습니다. 떠나기 전날 밤 상민이가 열이 올라 가지 말아야 하나 고민했지만, 다행히 새벽에 열이 내리더군요.

"상민이 열은 또 안 났어? 은혜는 학교에 잘 보냈고?"

바르셀로나 공항에 도착하자마자 집에 전화했어요. 아무 일 없음을 확인하자 안심이 되었죠. 이제 아줌마의 집 걱정은 묻어 두고 바르셀로나를

〈 슈라네 집 고소한 이야기 〉

마음껏 즐기자! 그 사람과 함께! 오래 기다려온 둘만의 여행에 두근두근 설렜습니다.

첫날은 가우디와의 만남! 가우디의 초기 작품부터 찾아보는데, 우리는 너무나 어색했습니다. 여행은 늘 아이들이 함께하는 가족여행이었죠. 우리 손은 늘 아이들 손을 잡고 있었고, 중요한 때마다 화장실에 가고 싶다, 때아닌 때에 배가 고프다… 등등, 아이들 짜증 소리에 익숙해져 있었어요.
그 아이들이 없으니 날아갈 듯 홀가분해야 하는데, 다른 아이들의 칭얼대는 소리에 자꾸 돌아보곤 했습니다. 아이들과 함께 온 부부들이 아름답게 보이고, 좋은 것을 보면 아이들이 눈에 밟혔어요. 둘이 손잡고 팔짱을 끼던 연애 시절로 돌아가는 데 한나절이나 걸렸죠.

가우디에 관한 설명을 듣기 위해 가이드가 건네준 이어폰을 귀에 꽂았습니다. 몇 년 전 앓은 귓병으로 오른쪽 귀가 잘 들리지 않은 남편은 내 손을 꼭 잡았죠. 이어폰을 낀 상태에서 내 목소리가 들리지 않아 그는 수시로 내 입술을 보고, 내 표정을 살피고, 내 손짓을 확인했어요. 가우디 여행의 마지막인 '사그라다 파밀리아' 성당에 갔을 때에야 그는 나를 의식하지 않게 되었죠.

어느 봄날 엄마 품에서 잠든 아기가 잔잔히 부는 바람에 눈을 뜹니다. 살랑이는 나뭇가지 사이로 봄의 강한 햇빛이 숲을 감싸고 있어요. 엄마 곁에서만 느낄 수 있는 따뜻한 평안함은 하나님의 모습으로, 세상이 줄 수 없는 풍성한 빛은 자연의 아늑함으로 성당 안에 담겨 있음을 우리는 말하지 않고도 느낄 수 있었습니다.

우리가 한 공간에서 같은 감동으로 같은 곳을 바라보고 있다는 것, 이것이 그와 내가 걸어온 14년 세월의 모습이었습니다. 둘만의 여행에서 깨달은 최고의 선물이었어요.

커피 향으로 시작하는 이탈리아의 아침

이른 아침 아이들 등교 시간에 맞추어 집을 나서면 골목길이 커피 향으로 가득합니다. 커피 향기에 깨어나는 이탈리아라고 할까요.
나도 아침에 커피 한 잔의 힘을 빌리지 않으면 꿈속에 머물러 있는 듯한 몽롱함에 하루가 무거워 특별한 일이 없으면 매일 아침 바(Bar)에 가서 커피를 마십니다.
옷을 차려입고, 머리도 정리하고, 거울도 한 번 보고, 약속은 없지만 누군가를 만날지도 모른다는 작은 기대감으로 집을 나서죠.

우리 동네에는 2~3개의 바가 있는데 그중 브리오슈(brioche)를 직접 만들어 파는 곳이 있습니다. 아침 9시가 지나면 근무 전에 잠깐 들러 커피 한 잔 즐기는 직장인들, 커피 한 잔과 브리오슈로 아침을 해결하는 사람들로 자리가 없을 정도죠.
사람들은 보통 30분 내외로 커피를 마시고 가는데, 나 같은 가정주부나 퇴직한 중년의 아저씨들, 노인들은 느긋하게 앉아 커피를 마십니다. 시간을 정한 것도 아닌데, 사람들은 늘 같은 시각 그곳에서 커피를 마시죠. 아이들을 학교에 보내고 바 한구석 자리를 차지하고 앉아있으면 커피 한 모금에 귀와 입이 열려요. 동네 어느 가게에서 세일을 한다더라, 누구네 집 남편이 심장 수술을 한다더라… 등등, 동네에서 생기는 크고 작은 일들로 함께 수다를 떨다 보면 바 안의 사람들 모두 친구가 되요.

맛있는 커피 한 잔 마시고 집으로 돌아가는 길은 꼭 출근길 같아요. 내 일터는 우리 집이라는 소속감까지 느껴져 힘이 생깁니다.

커피란 무엇일까요? 아침을 깨우는 커피 향에는 도대체 무엇이 들어있

을까요?

내 친구 자코모와 안토넬라는 해외여행을 할 때 2인용 에스프레소 커피 머신과 커피를 꼭 챙겨갑니다. 에스프레소 없는 나라는 거의 없는데도 다른 나라 커피는 맛이 없다는 이유에서죠. 처음에는 참 유난스럽다 생각했는데, 이탈리아에 사는 많은 한국 사람들이 집 밥을 먹어야 힘이 난다고 여행갈 때 전기 밥솥과 한국 쌀을 챙겨가는 것처럼 이탈리아 사람은 집 커피를 챙겨간다는 것을 알고 이해하게 되었습니다.

우리가 해외여행을 가면 얼큰한 국물과 따뜻한 밥 한 그릇이 생각나듯, 이들은 따뜻한 커피 한 잔이 그리운가 봐요. 공항에 도착해 커피 한 잔 마시고 집으로 향하는 사람들도 많습니다.

부모님이 만들어 마시던 커피 향과 함께 자라 온 이들에게 커피는 바로 엄마의 향기이며, 아침을 깨우는 포근한 집 향기겠지요. 커피는 이들의 삶이고, 커피 향은 이들의 삶의 향기입니다.

커피 향 가득한 이탈리아 아침. 오늘도 그 향기에 젖어 걷고 있습니다.

우린 한국 스타일

"오늘 아침 뉴스에 한국 주식이 폭락이라네."

남편은 아침 식탁에서 아이들에게 한국의 정세에 관해 이야기했습니다.

"아빠, 주식 폭락? 아침부터 웬 사자성어?"

가끔 전문 용어를 알아듣지 못하는 아이들은 생소한 네 글자만 나오면 사자성어로 생각해 우리를 웃게 하곤 했습니다.

'올해는 가고 새해가 온다'는 말을 은혜가 '이년은 가고 저년은 온다'고 말했을 때에는 우리말 교육의 심각성을 느끼기도 했죠.

다혜와 지혜는 이탈리아에 있어도 늘 나와 한국어로 대화를 나눠 우리 말을 잊어버리지 않았는데, 은혜와 상민이는 이곳에서 태어나 학교에 다 니며 서로 편한 이탈리아어를 사용한 탓에 한국어는 서툴렀습니다.

한글을 읽고 쓸 줄 알아야 정체성에 혼동이 올 때 나는 한국 사람이고 이 탈리아에 살고 있다는 것을 받아들이는 데 도움이 되지 않을까 싶어 막 내에게 한글을 가르치기 시작했죠.

집에서 60km 떨어진 곳에 있는 밀라노 한글 학교에서 1주일에 한 번, 토요일 오후에 6시간 정도 수업을 받게 했어요. 상민이 덕분에 우리 부부는 토요일 오후마다 데이트하는 귀한 시간도 갖게 되었고, 상민이는 1년 꾸준히 공부한 노력으로 어렵지 않은 한글을 읽고 쓰게 되었습니다.

은혜가 열한 살 때 한국에 갈 기회가 있어 여름방학 동안 친정 동네에 있는 초등학교에 참관 학생 신청을 했어요. 한국 친구들과 한국 선생님, 한국 학교 분위기를 보여주고 싶은 마음에 방문 두 달 전부터 문의를 했죠. 학교 정책상 어려움은 있었지만, 교무처 선생님과 미리 연락하고 준비한 덕분에 은혜는 반을 배정받아 한 달 넘게 학교에 다니게 되었습니다.

은혜는 하루도 빠지지 않고 수업을 들었어요. 담임선생님의 배려로 특별 활동 시간에는 가야금을 배웠고, 한국 친구들에게 이탈리아 생활과 학교를 소개할 기회도 주어져 즐거워했습니다.

은혜만의 숙제도 있었어요. 한국 또래 아이들이 많은 보는 책 몇 가지를 골라 읽는 거였는데, 은혜는 '가시고기'를 읽고 아버지와 아들의 사랑 이야기에 감동해 눈물을 멈추지 못했죠.

한국에서 학교에 다니고, 한국 친구들을 만나고, 한국에서 경험한 모든 것이 은혜에게는 한국이 되었어요. 가르치지 않아도 우리의 끈끈한 정을 가슴으로 느끼고, 설명하지 않아도 뜨거운 국물의 개운함을 표현하는 한국 사람임을 은혜 스스로 알게 되었습니다.

은혜의 반 친구 중에 '레베카'라는 아이가 있어요. 어느 날 은혜에게 한국말을 가르쳐 달라고 부탁해 은혜는 한국어 선생이 되어 친구를 가르치게 되었죠. 완벽하지 못한 한글 실력으로 무엇을 가르치는지 의심이 되었지만, 3개월이 지나서 둘은 이탈리아 말을 소리 나는 대로 한글로 적어 비밀 이야기를 할 정도가 되었습니다.

예를 들면 이런 거죠. '치베디아모 도마니(우리 내일 만나자).'

레베카는 뜻을 이해하지 못하지만, 한글을 읽을 수 있다는 것만으로도 기뻐했어요. 은혜는 레베카에게 한국 음식을 먹이고 싶다며 집에 초대하기도 했죠. 레베카에게는 은혜가 한국이었어요.

싸이의 〈강남스타일〉이 알려지고 나서부터 가사를 통역해 달라는 아이들의 부탁으로 은혜는 학교에서 유명인사가 되었습니다. 은혜는 자신이 한국인이라는 것을 자랑스러워했어요.

"나는 한국 사람인데 왜 이탈리아에 와 있어?"

"우리가 한국에 살았다면 길을 걸어 다닐 때 다른 사람의 눈을 의식하지 않아도 되고, 한국 음식을 먹을 때 마늘 냄새 신경 쓰지 않아도 되고, 얼마나 편했을까!"

"엄마. 나는 처음 만나는 교수나 환자를 대할 때 배꼽 인사를 해. 그럼 그 사람들이 나를 인상 깊게 기억하거든."

자신의 정체성을 찾아 끊임없이 고민하면서도 한국 사람이라는 것에 자부심을 느끼는 아이들이 나는 자랑스럽습니다.

슈라의 이탈리아 가정식
– 밥을 잊은 그대에게

맛있게 드세요!

살면서 크고 작은 다양한 고민을 하지만, 사람들이 하루에 한 번은 꼭 하는 공통된 고민이 있어요.
'뭐 먹지?'
저도 그렇습니다. 하나 더하면, '뭐 해서 먹이지?'도 있어요. 주부들만의 고민이죠.

밀라노에서 한식 재료를 구하기가 힘들어서 만들어 먹기 시작한 이탈리아 음식. 처음에는 친구, 동네 아줌마와 수다를 떨면서 귀동냥으로 배운 걸 흉내 내다가, 함께 요리하면서 하나씩 배웠고, 어느 순간 이탈리아 음식의 놀라운 평범함에 빠져 나만의 레시피를 만들기 시작했습니다.

〈 슈라네 집 고소한 이야기 〉

건강한 먹거리, 착한 음식은 바로 이탈리안 가정식에 있다는 것을 알고 부터 그 맛을 누군가와 함께 나누고 싶어서 블로그를 시작했고요.

먹으면서도 먹는 이야기를 하고, 먹고 나서도 먹는 이야기를 하는 한국 사람들처럼, 이탈리아 사람들도 먹는 것에 아주 관심이 많아요. 특히 건 강한 먹거리에요.

제철 재료 본연의 맛을 끌어내는 평범한 이탈리안 가정식을 한국에 있는 여러분에게 소개합니다. 고민은 이제 그만!

밀라노에서 슈라가 전하는 이탈리안 가정식, 요일별로 한 가지씩 함께 만들 어서 맛있게 먹어요.

Antipasto

안티파스토

잠자는 침샘을
깨워줄게!

Antipasto

굽거나 삶거나 말리거나
'다양한 안티파스토'
Antipasto

〈 슈라네 집 고소한 이야기 〉

알록달록 무지개색, 부드럽고 달콤한 향기, 새콤하고 쫄깃한 맛의 놀이동산! 아이들은 사탕 가게에 들어가면 눈동자가 커지며 행복한 미소가 얼굴에 가득~ 슈라는 반찬 가게에 들어가면 행복한 미소가 얼굴에 가득~ 슈라의 놀이동산! 안티파스토의 세계로 초대합니다!

다양한 재료를 굽고 삶고 말리고 여러 가지 방법으로 익혀 올리브유나 식초에 담가 만드는 이탈리아의 안티파스토 중 피클 먼저 소개합니다.

| 가을에 먹는 최고의 피클! 올리브유에 담근 모듬 버섯 피클 |

가을에 만들어 먹는 최고의 피클! 버섯을 올리브유에 담가놓은 피클입니다.

피클이라면 달달하고 신맛을 상상하지만, 이탈리아인들이 즐겨 먹는 피클은 단맛을 빼고 식초와 올리브유에 절인 저장식품이 많아요. 그것을 식사하기 전 입맛을 돋우는 안티파스토로 먹습니다.

'혹 느끼하지 않을까?' 생각할 수 있지만 느끼하지 않아요. 식초의 신맛이 느끼함을 잡아 주고 올리브유의 고소함이 살아나 아주 맛이 있어요.

재료 4인분
여러가지 버섯 500g, 식초 200mL, 물 200mL, 굵은 소금, 마른 고추, 편 마늘, 올리브유, 프레제몰러 또는 파슬리(생략 가능).

1 버섯을 잘 다듬어 씻은 후 적당히 썹니다. 잡채할 때 넣는 크기 정도면 좋아요.

2 물과 식초를 1:1 비율로 냄비에 넣고 끓입니다. 이때 굵은 소금 한 큰술을 넣어 주세요.

3 식초 물이 끓으면 버섯을 100g씩 나눠 각각 1분씩 데쳐주세요. 슈라는 버섯 씹히는 맛을 위해 100g씩 나눠 1분씩 다섯 번을 데치는데, 500g을 한 번에 데칠 땐 3분이면 됩니다.

4 버섯을 건져내고 깨끗한 면 수건으로 물기를 짜낸 후 소금 간을 하고 병에 담아요.

5 병에 담을 때 중간중간 얇게 썬 마늘을 넣는데, 마늘 양은 취향에 따라 조절하세요.

6 마른 고추와 잘게 썬 파슬리도 함께 넣습니다. 고추, 파슬리를 좋아하지 않으면 생략!

7 올리브유로 윗부분을 조금씩 채워가며 덮어줍니다. 이때 올리브유를 천천히 부어야 해요. 공기와의 접촉을 막아 주는 역할을 하거든요.

버섯 피클은 처음 식초와 마지막 올리브유가 포인트입니다. 슈라는 만들고 4일 만에 먹기 시작했는데 이탈리아 할머니들은 최소 한 달은 지나야 맛이 난다고 해요. 겨우내 입맛을 돋우는 버섯 피클은 식탁의 효자 노릇을 톡톡히 합니다. 빵 위에 올려 먹기도 하고 스테이크, 생선 요리의 곁들임 요리로도 아주 좋아요. 이탈리아 사람들은 이렇게 담은 버섯피클을 크리스마스에 선물로 주기도 합니다.

| 생선 피클 Acciughe marinate |

생선을 식초에 절여 올리브유에 담가 만든 상큼한 안티파스토입니다. 생선으로 만든 안티파스토 중 훈제 연어보다 더 인기가 좋아요. 하나하나 직접 손질해야 하는 번거로움이 있지만, 시간과 정성이 맛에 더해져서 내 가족과 손님들이 맛있게 먹을 수 있다면, 그 정도 수고는 즐거운 고생이죠.

재료 4인분

싱싱한 생선과 좋은 올리브유를 사용하는 건 기본입니다! 왕 멸치, 식초, 올리브유, 마늘, 마른 고추, 간 소금(천일염).

1 멸치를 손질합니다. 머리를 떼어내고 배 쪽으로 잡아당기면 배가 갈라지면서 내장이 떨어지고 뼈도 쉽게 발라집니다. 꼬리 쪽에서 뼈를 살살 잡아당기면 끊어져요.

2 멸치를 물에 잘 씻어 채반에 담아 물기를 잠시 빼주세요.

3 뚜껑이 있는 통에 멸치를 차곡차곡 넣고 생선이 잠길 정도까지 식초를 부어줍니다.

4 3~4시간 정도 냉장 보관합니다.

5 식초에 담갔던 멸치를 꺼내 뚜껑이 있는 유리그릇에 담아요.

6 멸치를 두세 번 쌓아 넣고 소금을 조금 뿌리고 올리브유와 마늘, 마른 고추를 넣어요.

7 다시 멸치를 쌓고 소금, 올리브유, 마늘을 넣고 마지막에 올리브유를 멸치가 잠기도록 부어줍니다.

생선 피클은 레몬처럼 신맛이 입맛을 돋우는 생선요리입니다. 냉장고에 넣었다가 하루 지나 먹으면 더욱 맛있어요. 하나씩 집어 먹기도 하고 빵 위에 올려 먹기도 합니다.

Antipasto

이탈리안 부침개,
'아스파라지 프리타타'

Frittata di asparagi

〈 슈라네 집 고소한 이야기 〉

이탈리아에도 부침개가 있다는 사실, 아세요?

냉장고 정리가 필요한 날, 여러가지 채소를 채 썰어 달걀에 치즈 가루 풀고 섞어서 지글지글 부침개를 해먹습니다. 이름은 '프리타타(frittata)'라고 해요. 프리타타에는 치즈와 달걀이 꼭 들어가야 제맛이 납니다. 그리고 빈대떡처럼 두꺼워야 제맛이구요! 안티파스타에 속하지만, 집에 있는 엄마들은 한 끼 식사로도 충분하죠.

쌉싸래한 아스파라거스와 치즈의 풍미가 합쳐져 아주 맛있는, 봄이 가기 전에 꼭 먹어야 하는 이탈리안 부침개 프리타타 소개할게요.

재료 4인분
잘 씻어 썬 아스파라거스 500g, 달걀 6개, 치즈 가루(파르마산) 100g, 소금, 후추, 작은 양파 1개, 식용유.

1 달걀을 잘 풀어 치즈 가루와 소금, 후추를 넣고 섞어요.
2 팬에 기름을 두르고 아스파라거스와 양파를 볶은 후 소금으로 간을 합니다.
3 풀어놓은 달걀과 볶은 아스파라거스를 섞어 다른 팬에 기름을 두르고 약한 불에서 10분 정도 앞뒤로 잘 부쳐주세요. 오븐에 구울 경우에는 오븐 팬에 기름을 살짝 두르고 200도 온도에서 25분 정도 구워줍니다.

아스파라거스만이 아니라 다양한 재료로 만들 수 있는 게 바로 프리타타입니다. 여러 가지 채소를 넣고 프리타타를 할 경우 채소에서 물이 나오지 않도록 잘 볶는 게 중요해요. 해물 프리타타를 할 때는 해물을 살짝 익힌 후 부쳐주세요. 치즈는 취향에 따라 여러 가지를 섞어 사용해도 좋습니다.

Antipasto

찬밥 신세
'쌀 샐러드'
Insalata di riso

〈 슈라네 집 고소한 이야기 〉

밥은 꼭 따뜻하게 해서 먹어야 하는 걸까요? 차게 먹으면 안 되는 걸까요?

찬밥을 먹으면 어쩐지 짠한 마음이 드는 건 따뜻한 밥 한 공기에서 느껴지는 정을 느낄 수 없기 때문일 거예요. 그런데 여기 시원한 정, 시원한 마음이 느껴지는 밥이 있습니다.

이탈리아에서는 너무나 평범한 여름 가정식, 쌀 샐러드입니다. 여름 샐러드라고 부르지만 쉽게 말하면 차게 먹는 밥이에요. 부모님이 보시면 "왜 찬밥을 먹냐~" 하시겠지만, 이곳에서는 여름에 많이 먹습니다.

달지 않은 피클을 얹거나 채소를 그릴에 구워 아침에 만들어 놓으면 그다음 날까지 보관 가능해서 일하는 엄마들이 즐기는 요리이기도 해요.

재료 4인분

바스마티 쌀 350g, 가지 1개, 파프리카 노란색 1개/빨간색 1개, 애호박 1개, 송이버섯 6개, 베이컨 9줄, 소금, 올리브유.

★ 바스마티 쌀은 늘씬한 모양에 누런색을 띠는 색다른 식감의 쌀이에요. 슈라는 같은 바스마티 쌀인 미국 제품 엉클벤스를 이용하는 편이에요. 샐러드용 쌀은 많지만, 찰기 없이 날리는 쌀이면 다 좋습니다.

1 호박, 버섯, 가지는 편으로 잘라 프라이팬이나 그릴, 또는 오븐에 구워줍니다. 200도 오븐에서는 18분, 팬에 구울 때는 기름 없이 앞뒤로 잘 익혀줍니다.
2 피망은 껍질을 벗긴 후 오븐에 통째로 넣고 18분 정도 구워줍니다. 피망을 구운 후 30분~1시간 정도 오븐이나 팬에 뒀다가 껍질을 벗기면 훨씬 수월합니다.
3 베이컨은 기름이 빠질 정도로 잘 구워 줍니다.
4 끓는 물에 소금을 넣어요. 소금 대신 쇠고기 맛 다도를 하나 넣어도 됩니다.

5 쌀을 넣고 10분 정도 익힌 후 찬물에 씻어줍니다. 쌀의 도정 정도에 따라 익히는 시간이 2~3분 정도 차이가 있는데, 한국 쌀은 12분 정도 익힙니다.

6 채에 걸러 10분 정도 물기를 잘 빼주세요.

7 구운 채소들을 잘 썰어 쌀과 함께 섞은 후 올리브유를 넣고 소금 간을 합니다.

우리나라 사람들은 밥이 차지고 기름이 흘러야 맛있다 하고, 이탈리아 사람들은 찰기가 없이 훌훌 날리는 밥이 맛있다 하니, 입맛이 다르다는 것이 참 재미있습니다. 구운 채소의 깔끔함과 쌀의 씹히는 질감이 아주 좋은 쌀 샐러드는 더운 여름에 입맛을 살리는 이탈리아의 가정식입니다. 냉장고에 넣었다 먹으면 더욱 시원하고, 반나절 후에 먹으면 더 맛이 좋아요.

부드러워라
'리코타&크림치즈'

Ricotta fatta in casa&Formaggio spalmabile

이탈리아에 와서 제일 적응하기 힘든 냄새가 치즈 냄새였어요. 치즈 가게 앞을 지날 때마다 참기 힘든 곰팡내로 코가 마비될 정도였죠.

"야~ 이거 진짜 맛있다!"며 먹는 남편을 이해할 수 없었는데, 15년의 세월이 흐른 지금 슈라에게 치즈 냄새는 곰팡내가 아닌 정감 가는 이탈리아의 냄새가 되었습니다.

치즈의 풍부한 맛은 치아바타 같은 심플한 빵과 함께 먹을 때는 구수함을 더해 주고, 와인과 먹을 때는 깔끔하게 입안을 정리해 줘요. 음식에 넣어 먹을 때는 그 음식의 깊이를 더하는 마력이 있어 지루하지 않게 식감에 변화를 주죠.

고소하고 부드럽고 영양까지 가득한 마법 같은 치즈, 슈라와 함께 만들어봐요.

| 리코타 치즈 Ricotta fatta in casa |

숙성시키는 치즈는 많은 시간이 필요하고, 송아지나 염소의 위에서 나오는 칼리오(caglio) 또는 레닛이라는 응고제가 필요하지만, 리코타 같은 부드러운 치즈는 칼리오 없이 집에서 쉽게 만들 수 있습니다.

재료 4인분

우유 500mL, 생크림 100mL, 소금 조금, 사과 식초 1티스푼 또는 레몬즙 ½개분, 가제 수건(거름망).

★ 생크림은 설탕이 들어가지 않은, 거품을 내기 전 상태의 제빵용 크림입니다.

1 생크림과 우유에 소금을 아주 조금 넣고 끓입니다.
2 우유가 끓기 시작하면 식초를 넣어요. 식초 대신 레몬즙을 넣어도 됩니다.
3 우유가 뭉쳐지기 시작하면 잘 저으며 1분 정도 더 끓여요.

4 거름망에 순두부처럼 뭉쳐진 우유를 넣고 한 시간 정도 물기를 뺍니다.

물기를 뺀 후 바로 먹으면 부드러운 크림치즈가 되고, 냉장고에 보관 후 먹으면 샐러드용으로 좋은 두부 스타일의 치즈가 됩니다. 거름망에서 나온 물은 세안할 때 사용해도 좋아요. 리코타 치즈는 안티파스토, 고기요리, 케익 등에 두루두루 쓰이는 팔방미인 같은 고소한 치즈입니다.

| 크림치즈 Formaggio spalmabile |
요구르트와 약간의 소금만 있으면 만들 수 있는 크림치즈입니다.

재료 4인분
요구르트 300g, 소금 조금, 가제 수건(거름망).

1 깊은 통에 가제 수건을 걸치고 수건 가운데에 요구르트와 소량의 소금을 넣고 수건을 묶어요.
2 묶은 매듭에 나무젓가락이나 긴 꼬치를 끼워 통의 양 옆에 고정합니다.
3 요구르트의 물기가 밖으로 빠져 나오도록 냉장고에 넣어요.
4 7시간 후 크림 상태가 되면 크림치즈 완성입니다.

요구르트는 집에서 만든 요구르트가 제일 좋은데, 시판용 요구르트라면 떠먹는 천연 요구르트가 좋아요. 슈라는 부드러운 크림치즈를 빵 위에 발라먹기도 하고 빵에 버터 대신 넣기도 합니다.

Primo
프리모

강해져야 해!
힘차게, 스파리타

(스파게티+리소토+파스타)～

Primo

파 한 줄기, 마른 빵 한 조각!
특별한 날 심플한 스파게티
Spaghetti ai cipollotti con pangrattato

〈 슈라네 집 고소한 이야기 〉

파 한 줄기와 마른 빵 한 조각이 만나면 어떤 스파게티가 만들어질까요? 시칠리아의 토속음식 중 빵가루를 넣어 만든 스파게티가 있어요. 집에 늘 마른 빵이 있는 이탈리안 가정의 레시피입니다.

빵가루의 식감과 고소한 향 때문에 슈라가 좋아하는 스파게티 중 하나이기도 합니다.

재료 4인분

통밀 스파게티 350g, 빵가루 40g, 올리브유 4큰술, 파 4줄(하얀 부분만 10cm 정도), 화이트 와인 ½컵, 소금(또는 천일염), 후추.

1 넉넉한 냄비에 물을 끓이고 굵은 소금 1큰술을 넣고 스파게티를 삶습니다.

2 프라이팬에 올리브유 3큰술을 두르고 빵가루를 넣고 빵가루가 갈색으로 변할 때까지 참깨 볶듯 볶아주세요.

3 다른 팬에 올리브유를 두르고 길게 썬 파를 숨이 죽을 정도로만 살짝 볶아요.

4 소금과 와인을 넣고 아주 약한 불에서 20분 정도 둡니다.

5 스파게티 면을 파가 기다리고 있는 팬에 담고 볶은 빵가루를 넣어 30초 정도 잘 섞어 줍니다.

6 후춧가루를 살짝 뿌립니다.

간단한 재료 그러나 설명하기 어려울 정도로 특별한 맛!
파 한 줄기와 마른 빵 한 조각으로 만드는 심플한 스파게티입니다.

Primo

가을이 주는 넉넉한 즐거움,
단호박 리소토
Riso con la zucca

〈 슈라네 집 고소한 이야기 〉

아침저녁으로 부는 쌀쌀한 바람이 완연한 가을을 느끼게 합니다. 가을은 우리에게 풍성한 계절이죠. 특히 슈라는 제철에 먹는 가을 호박을 참 좋아합니다. 언제봐도 정감 가는 단호박으로 리소토 만들어 볼게요.

재료

쌀 300g, 호박 400g, 양파 ½개, 화이트 와인 ½컵, 채소 우린 물 1.5ℓ(샐러리, 양파, 당근, 월계수 잎 등), 로즈마리잎, 파르마산 치즈 가루 30g, 노체모스카토(너트메그), 후춧가루, 버터 10g.

1 양파를 잘게 다져 팬에 볶아요.
2 여기에 쌀을 넣고 볶은 후 화이트 와인을 넣어 졸입니다.
3 잘게 썬 호박을 넣고 채소 우린 물을 한 국자씩 부어가며 12~15분 정도 익힙니다.
  잘 저어가며 익혀야 쌀이 눌어붙지 않습니다. 이탈리아에서는 리소토 쌀을 푹 익히지
  않아요.
4 버터와 치즈 가루를 뿌려 1분 정도 뚜껑을 덮어줍니다.
5 로즈마리 잎과 취향에 따라 후추와 노체모스카토를 뿌립니다.

슈라 친구 마리나의 리소토용 쌀 계량법에 의하면, 어른 손으로 두 주먹이 적정 성인 분량입니다. 낙엽 위로 내려앉은 가을 햇빛처럼 부드럽고 달콤한 호박의 조화. 로즈마리의 알싸한 향이 살아있는 가을 정원의 풍부함을 담은 영양만점 제철 음식입니다.

Primo

가지가지 모양
가지 라쟈냐

Parmigiana con profumo di basilico

〈 슈라네 집 고소한 이야기 〉

가끔 있는 일이지만, 밀가루 알레르기가 있는 손님을 초대했을 때 슈라가 자신 있게 만드는 '가지 라쟈냐'입니다.

원래 이름은 '파르마 가지'라는 뜻의 '파르미지아나 디 멜란자나(parmigiana di melanzane)'인데, 가지를 충층이 쌓아 올린 모양이 시실리아 지방의 빗살 모양 덧문인 파르미치아나(Parmiciana)와 닮았다 해서 '파르미치아나' 또는 '파르미지아나'로 불리는 요리입니다.

재료

둥근 가지 4개, 토마토 퓌레 100g, 마늘 1쪽, 양파 ½개, 모차렐라, 바질 소스, 파르마산 치즈 가루, 올리브유, 튀김기름.

1 가지를 1cm 넓이로 썰어 소금을 뿌려 1시간 정도 둡니다. 밖으로 베어 나오는 땀은 키친타올로 눌러 잘 닦아주세요.
2 잘 다진 마늘과 양파를 팬에 볶은 후 토마토퓌레를 넣고 소금 간을 해 15분 정도 끓입니다.
3 팬에 기름을 두르고 가지를 앞뒤로 잘 볶아줍니다.
4 오픈 팬에 토마토소스를 살짝 바르고, 치즈가루를 뿌린 후 볶은 가지를 올립니다.
5 가지 위에 토마토소스를 바르고 모차렐라와 바질소스를 차례로 올립니다.
5 치즈가루―가지―토마토소스―모차렐라―바질 소스 순으로 반복해서 올려요.
6 180도 오븐에 넣고 윗부분만 구워주는 그릴 코스로 바꿔 10분 정도 둡니다. 그릴 코스가 없으면 일반 오븐에서 10분이면 좋습니다.

바질잎을 올리는 것이 일반적인 레시피인데 슈라는 바질 소스를 넣었어요. 비킬 소스의 톡 쏘는 맛이 가미 되어 라쟈냐의 맛이 살아날 뿐만 아니라, 남은 소스에 빵을 찍어 먹으면 더없이 든든한 식사가 됩니다.

Primo

색~따라 맛~따라
삼색뇨끼

Gnocchi di patate ai tre colori

〈 슈라네 집 고소한 이야기 〉

색에 따라 맛도 달라지는 삼색 뇨끼를 아시나요? 여러 가지 색을 넣어 만들어야 하는 번거로움이 있지만, 아이들과 함께 만들면 재미있고 쉬운 삼색 파스타입니다.

재료 4인분

감자뇨끼 삶은 감자 150g, 달걀노른자 ½개분, 소금, 밀가루 50~60g.
당근뇨끼 삶은 감자 80g, 달걀노른자 ½개분, 소금, 삶은 당근 70g, 밀가루 80g.
바질뇨끼 삶은 감자 50g, 달걀흰자 1개분, 바질잎 8개, 소금, 밀가루 100g.
소스 홍합 1kg, 새우 300g, 완두콩 50g, 마늘 2쪽, 소금, 후추, 올리브유.

중간크기 감자 3개와 당근 반 개를 삶아요. 달걀은 흰자와 노른자를 구분하여 흰자는 바질잎과 함께 갈고, 노른자는 반으로 나눠 감자뇨끼와 당근뇨끼에 각각 넣습니다.

1 삶은 감자는 껍질을 벗겨 으깨주세요.
2 재료에 표기한 양만큼 나눠 반죽합니다.
   ★ 감자는 꼭 식혀서 반죽해주세요. 감자가 뜨거우면 질어져서 반죽하기 어렵습니다.
3 반죽은 오래 치댈 필요 없이 뭉쳐질 정도로 10~20분 둡니다.
4 작업 판에 밀가루를 뿌리고 반죽을 손으로 꾹 눌러 넓적하게 편 후 적당한 굵기로 썹니다.
5 넉넉한 냄비에 물을 끓이고 굵은 소금을 넣은 후 잘라 놓은 반죽을 넣습니다.
6 반죽이 물에 떠오르면 건져서 소스에 넣고 잘 버무립니다.

● 소스 만들기
1 잘 씻은 홍합과 으깬 마늘 한 쪽을 냄비에 넣고 삶아요.
2 홍합이 벌어지면 식힌 후 알맹이를 빼냅니다. 장식용으로 올려놓을 홍합 몇 개는 껍질

째 남겨놓으세요.

3 팬에 올리브유를 두르고 마늘, 새우, 완두콩을 볶은 후 소금으로 살짝 간을 해주세요.

4 익은 뇨끼를 소스에 넣고 삶은 홍합을 넣습니다.

소스는 취향에 따라 다양하게 만들 수 있어요. 시판용 토마토 소스, 바질 소스를 이용해도 되고, 팬에 버터를 녹이고 샐비어를 넣어 소스를 만들어도 되고, 마늘과 해물을 볶아 해물 소스를 만들어도 됩니다.

뇨끼는 떡처럼 씹히는 맛이 차지고 당근의 은은한 맛과 감자의 고소함, 특유의 바질 향까지 오밀조밀 느낄 수 있어요.

겨울이 기다려진다
피초케리의 계절이 온다

Pizzoccheri

찹쌀~떠억! 메밀~무욱! 겨울이면 골목을 울리던 이 소리를 기억하나요? 따뜻한 아랫목에 이불 덮어쓰고 먹던 야밤의 간식, 추억이 솔솔 피어 오르네요. 겨울 별미 중 하나인 메밀묵의 '메밀'은 이탈리아에서도 겨울 별미로 통합니다. 칼바람이 부는 날 생각나는, 겨울 산에 가서 먹으면 더욱 맛있는, 이탈리아 스키장에 꼭 있는, 인기 최고의 파스타! 메밀이 들어간 '피초케리'를 소개합니다. 한식도 세계인들에게 사랑 받는 음식이 있고 우리만 알고 즐기는 음식이 있듯이 이탈리아에서도 그들만이 즐기는 토속음식이 있어요. 피초케리는 특히 밀라노 사람들이 정말 좋아하는 파스타입니다.

재료
피초케리 500g, 감자 250g, 양배추 200g, 치즈(휀타나. 발텔리나. 비토) 300g, 파르마산 치즈 100g, 버터 50g. 소금, 샐비어, 마늘, 후추.

1 치즈는 깍둑썰기해주세요.
2 끓는 물에 굵은 소금, 감자를 넣고 5분쯤 끓인 후 파스타와 양배추를 넣고 10~13분 끓입니다.
3 감자와 파스타가 다 익으면 건져냅니다.
4 버터와 샐비어, 마늘을 볶다가 건져놓은 감자, 파스타, 양배추를 넣고 치즈를 넣어요. 치즈가 녹으면 완성입니다.

치즈가 많이 들어가 좀 무겁게 느껴질 수 있는데, 양배추도 넉넉히 들어가고 메밀로 파스타를 만들어서 생크림 파스타보다 덜 느끼합니다. 치즈의 깊고 부드러운 맛과 메밀 파스타의 거친 맛도 잘 어울리고요. 집에서 이탈리아 겨울 산을 느끼고 싶다면 도전해보세요.

〈 슈라네 집 고소한 이야기 〉

사르데냐식 별미
후레골레
Fregole sarde

이탈리아 친구가 사르데냐 섬 사람이어서 지난 봄 그곳으로 여행을 갔어요. 친구는 자신의 고향에 와줘서 반갑다며 많은 음식을 대접해주었죠.

슈라의 입맛을 사로잡은 음식이 있었으니 바로 사르데냐 섬을 대표하는 파스타 '후레골레'였어요. 작은 알맹이처럼 생긴 후레골레는 사르데냐 섬의 특산물로 반죽을 굵은 체에 내려가며 만듭니다.

다소 생소한 후레골레를 소개하는 건 사르데냐를 여행할 기회가 생긴다면 꼭 드셔 보라는 추천의 의미가 있고요, 사르데냐에 가지 않아도 충분히 만들 수 있기 때문입니다.

재료 4인분

발아현미(후레골레) 200g, 홍합 150g, 조개 200g, 새우 4개, 갑오징어(또는 일반 오징어) 100g, 화이트 와인(또는 정종) ½컵, 마늘 2쪽, 올리브유, 토마토 50g, 프레제몰러(또는 실파).

1 와인에 조개와 홍합을 넣고 익힙니다.

2 냄비에 올리브유를 두르고 마늘, 현미를 넣고 볶다가 오징어도 함께 넣어 볶아요. 매콤한 맛을 원하면 마른 고추나 청양고추를 한 개 정도 넣어도 좋습니다.

3 조개와 홍합에서 받아 낸 국물을 넣어가며 중불에서 13~15분간 익혀주세요.

4 5분 정도 지나면 새우를 넣고 또 5분 정도 지나면 토마토, 조개, 홍합을 넣고 2~3분 더 익혀요.

5 소금으로 마지막 간을 하고 후추와 고춧가루를 뿌립니다. 슈라는 프레제몰러를 다져 뿌리는데, 실파를 넣어도 좋아요.

씹을수록 누룽지 같은 구수한 맛이 나고 해물이 들어가 한국인 입맛에도 어색하지 않아요.

〈 슈라네 집 고소한 이야기 〉

Secondo
세콘도

담백하고
든든하게!

Secondo

우유와 허브에 조린 맛있는
닭 한 마리
Pollo al verde di primavera

〈 슈라네 집 고소한 이야기 〉

'Pollo al verde di primavera(녹색의 봄을 담은 닭)' 이라는 이탈리안 요리가 있습니다. 이름을 듣고 어떤 생각이 드시나요? 무엇을 상상하건 그 이상일 겁니다. 바로 '우유와 허브에 조린 닭'이에요.

재료

닭고기 1마리, 밀가루, 마늘, 굵은 파 2줄, 올리브유 50g(또는 버터), 채소 국물 1컵, 소금(천일염), 우유 1컵, 실파, 후추 작은 1스푼, 허브(로즈마리, 티모, 마조라나, 실파, 프레제몰러).

1 닭을 잘 씻어 먹기 좋은 크기로 썰어 물기를 닦고 밀가루 옷을 입혀요.
2 넉넉한 팬에 마늘, 잘게 썬 파, 허브를 올리브유에 볶고 닭을 앞뒤로 노릇하게 구워요.
3 채소 국물 1컵을 넣고 20분을 끓인 후 천일염 1큰술, 우유 1컵을 넣고 20분을 더 끓입니다.
4 상에 내놓기 전에 실파를 올리고 후추를 뿌려주세요.

우유가 들어가 상상 이상으로 담백하고 깔끔합니다. 닭은 부위별로 나눠 사도 좋지만 한 마리 통째로 사서 요리하는 것이 더 맛이 좋아요. 채소 국물은 양파, 당근, 샐러리, 월계수 잎을 넣고 우린 국물인데, 대신 닭고기 스톡을 넣어도 됩니다.

스톡에는 소금이 첨가되어 있으니 전체적인 소금 양 조절에 주의하세요.

Secondo

기본 2시간을 끓여야 제맛
스페차티노
Spezzatino

〈 슈라네 집 고소한 이야기 〉

손님 오는 날 푸짐한 갈비찜 한 접시면 대접하는 사람이나 대접받는 사람이나 마음 든든해지지요. 이탈리아에도 갈비찜처럼 마음 든든한 고기 요리가 있습니다. 바로 '스페차티노'예요. 갈비찜처럼 부드럽고 깊은 맛이 입안에 오래 남는 맛있는 요리입니다.

송아지고기, 쇠고기는 물론 돼지고기로도 만들 수 있는데, 부담 없는 돼지고기 스페차티노 만들어 볼게요.

재료

돼지고기 1kg, 양파, 당근, 샐러리 다진 것 150g, 레드 와인 1컵, 밀가루 조금, 천일염 2작은술, 양념 되지 않은 토마토소스 2큰술, 올리브유, 월계수 잎, 후추, 프레제몰러, 감자 큰 것 2개, 채소 국물 1L.

1 팬에 올리브유를 두른 후 양파, 당근, 샐러리를 볶습니다.
2 돼지고기를 적당한 사각 크기로 자른 후 밀가루를 묻혀 팬에 10분 정도 볶아 주세요.
3 레드 와인 1컵을 넣고 2분 정도 졸인 후 굵은 소금 2작은술을 넣어줍니다.
4 채소 국물 1L를 넣고 2시간 정도 약한 불에서 조립니다.
5 양념 되지 않은 토마토소스 2큰술 넣어요.
6 채소 국물 끓인 지 1시간 정도 지났을 때 감자를 큼직하게 썰어 넣어 함께 조려주세요.
7 2시간 이상 푹 조리한 후 후추와 프레제몰러를 뿌려 마무리합니다.

돼지고기는 목심, 양지살, 앞다리살 중 어느 것이라도 좋아요. 채소 국물은 당근, 양파, 샐러리와 월계수 잎을 넣고 끓인 물이에요. 쇠고기 스톡을 넣어도 되는데, 대신 소금의 양은 줄여 주세요.

차게 먹는 깔끔한 맛! 이탈리아 가정식 스테이크
비텔로 톤나토
Vitello tonnato

〈 슈라네 집 고소한 이야기 〉

한국인들이 장조림을 해먹듯, 이탈리아 사람들이 자주 먹는 고기 요리가 있습니다. 송아지 고기로 만든 스테이크인데, 일반적인 스테이크와 다른 점이 있다면 차게 해서 먹는다는 것입니다.

한국에서는 송아지 고기를 따로 팔지 않지만, 이탈리아에서는 쇠고기처럼 쉽게 구할 수 있습니다. 쇠고기보다 비싸지도 않은데 철분과 칼슘 함량은 높고 지방 함량이 낮아 아이들 이유식에 많이 쓰이고, 다이어트하는 사람들이 좋아하죠.

부드럽고 부담 없는 식감은 좋지만, 지방 함량이 떨어지는 만큼 육질에서 느껴지는 풍부함은 좀 부족해요. 그래서 송아지 고기 요리는 대부분 채소와 와인 또는 토마토소스, 치즈와 함께 조리하는 경우가 많습니다.

슈라 생각에 송아지 고기는 양념 맛입니다. 쇠고기 안심이나 등심은 숯불에 구워 소금 간만 해도 맛있지만, 송아지 고기는 소금 간만으로 맛을 즐기기는 싱겁습니다.

송아지 고기에 가장 잘 어울리는 최고의 양념으로 최상의 맛을 내는 요리가 바로 차게 해서 먹는 이탈리안 가정식 스테이크 '비텔로 톤나토'입니다.

재료

송아지 고기 800g(우둔살, 홍두깨살도 좋습니다), 양파, 당근, 샐러리, 월계수 잎, 정향 4~5개, 달걀 2개, 올리브유 400mL, 깡통 참치 200g, 카페리 50g, 아추게 6줄, 양파 피클 100g, 오이 피클 100g.

1 송아지 고기, 양파, 당근, 샐러리, 월계수 잎, 정향을 넣고 50분 정도 삶아요. 압력솥을 이용할 때는 추가 흔들린 후 15분 정도 더 삶아 주세요.

2 고기는 바로 꺼내지 말고 국물에 담근 채로 식힙니다.

3 달걀을 믹서에 넣고 30초 정도 돌린 후 올리브유를 넣어 마요네즈를 만들어요.

4 기름을 뺀 참치와 피클, 아추게를 마요네즈에 섞어 다시 한 번 믹서로 돌려주세요.

5 식혀 놓은 고기를 얇게 자릅니다. 이때 고기 부스러기가 나오는데 믹서에 갈아 소스에 넣어도 돼요.

6 얇게 자른 고기에 소스를 바르면 완성! 냉장고에 넣어 차게 해서 먹습니다.

이 요리에서 가장 중요한 것이 피클입니다. 이탈리아에서는 많은 사람이 단맛의 피클은 즐기지 않아요. 신맛 그 자체를 즐기죠. 꼭 달지 않은 피클을 준비해 주세요. 피클 대신 발사믹 식초와 레몬으로 상큼한 맛을 내도 좋아요.

Secondo

정감 있는 첫인상 말린 대구
토마토에 조리다

Baccala in umido

크리스마스 방학을 앞두고 몇 명의 엄마들에게 커피 한 잔 하자는 제안을 했어요. 긴 겨울 방학이 끝나야 다시 만날 수 있으니 아쉬운 마음이었죠. 그 중 한 엄마가 커피는 다음에 마시자며 "바칼라를 담가놔서 빨리 가봐야 해."라고 말했습니다. 바칼라가 뭐길래 커피 한 잔과 바꿔 버린단 말인가? 슈라는 너무나도 궁금했어요.

바칼라는 말린 대구입니다. 이탈리아의 대구는 소금에 절인 바칼라(baccala)와 말린 스토가휫소(stoccafisso) 두 가지가 있습니다. 둘다 모두 하루 정도 물에 불려 요리하는데 계절에 상관없이 먹는 이탈리안 가정식으로 사랑받는 요리입니다.

재료 4인분

소금에 절인 바칼라 4조각, 양파 ½개, 마늘 2쪽, 화이트 와인 ½컵, 토마토 퓌레 200mL, 올리브유, 검은 올리브, 후추, 프레제몰러.

1 불려 놓은 바칼라에 밀가루를 묻히고 올리브유를 두른 팬에 앞뒤로 구워줍니다.
2 적당히 구워진 바칼라에 와인을 뿌려 2분 정도 중불에서 조려요.
3 다른 팬에 올리브유를 두르고 양파와 마늘을 볶은 후 토마토를 넣어 10분 정도 끓입니다.
4 소스에 검은 올리브를 넣어요.
5 조려둔 바칼라에 소스를 넣어 10분 정도 더 끓여주세요.
6 프레제몰러를 잘게 잘라 뿌리고 접시에 담습니다. 취향에 따라 **후추**를 넣어주세요.

기분 좋게 씹히는 바칼라의 식감과 토마토의 깔끔함이 어우러진, 커피 한 잔과 바꿔도 아깝지 않은 요리, 맞아요.

〈 슈라네 집 고소한 이야기 〉

Secondo

채소를 곁들인 지중해식
생선구이

Sogliola con verdura

지중해에서 나오는 천연 재료를 사용한 지중해식 요리. 한국에서도 건강식으로 관심이 많죠? 채소를 곁들인 지중해식 생선구이! 밀라노에서는 만날 수 없는 깻잎과 쑥갓 잎. 그 알싸한 한국의 향기를 그리워하며 이탈리아 산 채소를 곁들인 지중해식 가자미구이 만들어 볼게요.

재료 4인분
넓은 가자미 2조각, 가지 1개, 양파 ½개, 호박 ½개, 토마토 1개, 잣 1큰술. 아추게 3줄, 샐비어 잎 4장, 카페리, 푸른 올리브, 올리브유, 소금, 후추.

1 생선은 소금을 뿌려 밑간을 해둡니다.
2 프라이팬에 올리브유를 두르고 잘게 썬 양파와 깍둑썰기 한 가지를 함께 볶습니다.
3 4분 정도 지나 아추게와 잘게 자른 호박을 넣고 볶아주세요.
4 또 4분 정도 지나 잘게 자른 토마토와 잣, 카페리, 올리브를 넣고 3분 정도 더 볶아 줍니다. 소금 간은 하지 않고 후추만 뿌려 마무리합니다.
5 다른 프라이팬에 올리브유를 두르고 샐비어 잎을 팬 바닥에 깐 후 그 위에 생선을 굽습니다.
6 앞뒤로 잘 구워낸 생선을 접시에 담고 볶은 채소를 곁들입니다. 생선이 부서지기 쉬우니 뒤집개를 이용해 잘 담아주세요.

지중해식 다이어트를 하고 싶은 분은 찐 생선에 채소를 곁들여도 좋아요. 아! 샐비어 잎은 떼어내고 드세요. 샐비어 잎 대신 깻잎이나 쑥갓으로 구워도 좋습니다.

Secondo

고등어 방울토마토구이

Sgombro con pomodorini

한국인의 밥상을 책임지는 고마운 반찬이 뭐가 있을까요? 달걀? 두부? 콩나물? 김치? 슈라는 저녁 식탁에 위풍당당하게 등장하던 고등어가 생각납니다. 소금으로만 간을 한 고등어를 막 구워 밥에 얹어 먹으면 어느새 밥 한 공기 뚝딱! 짭조름하고 담백한 고등어 맛에 허기진 배는 물론 마음도 든든해졌지요. 이탈리아에서도 생선은 밥상을 책임지는 고마운 반찬입니다. 생선을 좋아하는 사람들은 소금 간만 해서 즐겨 먹어요. 특히 고등어는 토마토나 양파 등을 넣어 구워 먹는 것을 좋아합니다. 토마토를 넣은 고등어구이라…. 한국에서는 좀 생소할 텐데, 새로운 고등어구이를 저녁 식탁에 올려보는 건 어떨까요?

재료 2인분
고등어 1마리, 방울 토마토 10개, 소금(천일염) 2작은술, 올리브유, 로즈마리잎, 오레가노잎, 양파.

1 잘 씻어 놓은 고등어의 배에 칼집을 내주세요.
2 로즈마리잎과 오레가노잎을 잘 다져 소금에 섞어 고등어 몸 전체에 발라줍니다.
3 오븐 팬에 양파를 깔고 고등어와 토마토를 넣습니다.
4 칼집 낸 고등어 배 위에 특별히 토마토 1~2개를 올려 주세요.
5 냉장고에 3시간 정도 둡니다.
6 오븐팬에 올리브유를 두르고 200도 온도에 25~30분 정도 익힙니다.

고등어에 토마토 향이 스며들어 맛이 새롭게 느껴지는 고등어구이예요. 취향에 따라 구운 감자나 삶은 채소 샐러드를 곁들이면 좋습니다.

Secondo

사르데 오븐구이

Sarde gratinate al forno

'사르데'

사르르~ 부드럽게 녹는 느낌이 나는 이 이름의 정체는 뭘까요?

이탈리아 북서부쪽에 있는 '사르데냐'라는 섬의 대표 특산물로 어른 손가락 길이만큼의 크기인 이것은 이탈리아 사람들이 즐겨 먹는 생선입니다.

사르데는 안초비를 만드는 아추게, 알리치보다 비린 맛이 덜한 등 푸른 생선으로 지중해에서 많이 먹어요. 튀기거나 굽거나 여러 가지 방법으로 요리하지만, 빵가루를 묻혀 오븐에 굽는 것이 가장 일반적입니다.

재료 6인분

잘 씻어 다듬은 사르데(또는 동태 포) 500g, 빵가루 150g, 마늘 두 쪽, 다진 프레제몰러 2큰술, 소금, 후추, 올리브유.

1 빵가루에 올리브유 2큰술과 다진 마늘, 프레제몰러, 소금, 후추를 넣고 잘 섞어줍니다.
2 사르데 위에 양념 섞은 빵가루를 올리고 다시 사르데로 덮어요. 사르데 사이에 치즈를 껴넣어도 좋습니다.
3 180도 오븐에서 15~20분 정도 굽습니다.

생선을 다듬고 손질하는 데 시간이 걸려서 그렇지 만들기는 쉽습니다. 슈퍼에 가면 잘 다듬은 사르데를 만날 수 있는데, 슈라는 장에서 사와 직접 다듬어요. 멸치 머리 따고 똥 빼내는 것처럼 사르데도 머리를 따면 뼈까지 따라와 손질하기 쉽습니다. 한국에서는 사르데 대신 얇게 포를 뜬 생선을 사용해도 됩니다.

Panini
파니니

한 주의 샌드위치
목요일은
파니니 먹는 날

Panini

달걀에 취한

아스파라거스 파니니

Panini con uova asparagi

〈 슈라네 집 고소한 이야기 〉

파니니라는 말 많이 들어보셨죠? 파니니는 복수로 빵을 말할 때 쓰는 단어입니다. 빵이 하나일 때는 파네(pane)라고 하죠. 그런데 아주 작은 빵을 말할 때도 파니니라고 하고 샌드위치용 빵을 말할 때도 파니니라고 합니다. 빵에 취향 따라 속을 넣으면 파니니가 되는 거죠.

봄에 잘 어울리는 파니니 하나 소개할게요. 슈라가 지은 이름은 '달걀에 취한 아스파라거스 파니니'입니다. 아스파라거스는 이탈리아에서 다양하게 즐기는 봄 채소 중 하나예요. 게다가 달걀과 아스파라거스는 아주 잘 어울리는 재료입니다.

재료

바게트 종류의 빵, 아스파라거스, 달걀, 스카모르차 치즈(또는 일반 치즈), 프로슈토(또는 샌드위치용 햄).

★ 스카모르차 치즈는 모차렐라와 만드는 방법이 비슷한 치즈입니다. 건조 시킨 것과 훈제한 것 두 가지가 있는데 건조한 것은 부드럽고, 훈제한 것은 스모크 향이 강합니다. 훈제한 스카모르차는 구운 채소와 잘 어울려서 슈라는 요리에 자주 사용하는 편이에요. 취향에 따라 후추를 조금 뿌려도 좋아요.

1 아스파라거스는 소금물에 2분 정도 삶고, 달걀은 소금 간을 해 반숙으로 익혀요.
2 손바닥 크기의 빵 위에 치즈와 햄 한 장, 아스파라거스 다섯 줄, 달걀을 올리고 빵으로 덮습니다.

아! 달걀은 반숙으로 하는 것이 좋습니다. 달걀 반숙은 다른 소스가 없어도 충분히 부드럽게 맛을 낼 수 있기 때문이에요. 하지만 뚝~뚝~ 떨어지는 노른자가 싫고, 반숙을 좋아하지 않는 분은 완전히 익혀 마요네즈를 첨가해도 좋습니다.

바로 만들어 먹을 때는 프라이팬에 빵을 올리고 치즈를 넣고 뚜껑을 덮어 살짝 녹인 후 반숙한 달걀과 다른 재료들을 올려 먹으면 따뜻하고 훌륭한 한 끼가 되고요. 도시락으로 준비할 때는 달걀을 완숙한 후 편으로 얇게 썰어 빵에 넣으면 됩니다. 빵에 버터나 마요네즈를 바르면 더 부드럽겠죠?

아스파라거스! 고추장에만 찍어 먹지 말고 빵에도 한 번 넣어 보세요. 든든하고 기분 좋은 한 끼가 됩니다.

Panini

이탈리안 햄버거,
살씨차를 넣은 파니니
Panini con salsiccia e balsamico

길을 가다가 발걸음을 멈추게 하는 냄새가 있죠. 갓 구운 빵 냄새, 고기 굽는 냄새, 커피 냄새….

이탈리아에서는 파니니 냄새가 발걸음을 멈추게 합니다. 바로 '살씨차'를 넣은 파니니에요. 고기 굽는 냄새를 맡고 그냥 지나칠 수 없는 파니니입니다.

살씨차는 생소시지 같은데 순대에 가깝고, 순대보다는 햄버거 고기에 가까운, 고기를 으깨 만든 순대같이 생겼어요. 적당히 기름기가 있는 돼지고기에 화이트 와인, 소금, 후추를 잘 섞어 창자에 넣은, 한마디로 설명하기 어려운 짭조름한 맛이에요.

파스타 소스로도 만들어 먹고, 그릴에도 구워 먹고, 빵에 넣어서도 먹을 수 있는 엄마들의 든든한 음식 재료, 살싸차. 이탈리아 가정에서는 없어서는 안 되는 귀한 음식 중 하나입니다.

재료

치아바타빵, 살씨차(또는 햄버거 고기). 샐러드용 채소, 토마토. 발사믹 식초.

1 빵에 채소와 얇게 썬 토마토를 올리고
2 발사믹 식초를 뿌린 후
3 살씨차를 올려 빵을 덮습니다.

파니니는 집에서 먹어도 맛있지만, 밖에서 먹으면 더 맛이 나요. 슈라는 따뜻한 봄날이면 취향대로 파니니 하나씩 만들어서 아이들과 또는 친구들과 소풍을 갑니다.

〈 슈라네 집 고소한 이야기 〉

Panini

화려한 싱글을 더욱 화려하게~
피망을 넣어 화려하고 심플한 파니니!
Panino colorato

한 주의 샌드위치, 목요일! 일주일의 피로가 쌓여 가장 피곤한 요일이 바로 목요일이죠. 남들은 남자친구, 애인 만나 피로를 푸는데 화려한 싱글인 당신은, 지친 몸을 이끌고 집으로 돌아와 "외로워도 슬퍼도 나는 안 울어~ 커플은 다 깨져야 해~" 외치며 마음 달래고 있나요?

싱글 여러분! 슬퍼하지 마세요. TV드라마 보다가 출출해지면, 라면도 좋지만 파니니 한 번 만들어 보세요.

늘 먹는 샌드위치가 싫증 났다면, 색다른 샌드위치를 즐기고 싶다면, 바로 이 파니니를 추천합니다. 혼자 먹어도 절대 슬프지 않은 화려한 색감의 파니니에요. 물론 간단해야겠죠? 맛도 있어야 하구요. 당연하죠! 혼자 먹는데 맛까지 없으면 더 슬프니까요.

재료

빵(바게트, 식빵, 포카치아 등). 피망. 모차렐라 치즈 1개. 안초비(멸치 절임) 2점.

1 빵 위에 모차렐라 치즈를 올리고 팬에 구워요.
2 잘 구워진 빵에 구운 피망, 안초비를 넣습니다.

어때요, 간단하죠? 심플 그 자체입니다. 그러나 맛은 굉장해요. 안초비와 피망의 궁합이 잘 맞거든요. 모차렐라가 피망과 안초비 사이에 살짝 끼어들어 더욱 부드러운 맛을 내고요.

피망 껍질은 소화가 잘 되지 않아서 벗기고 쓰는 게 좋습니다. 팬에 피망을 구운 후 껍질을 벗기면 쉬워요.

Panini

고르곤졸라와 검은 올리브의 조화!
졸라 맛있는 파니니
Panini gorgonzola e olive ner

그럴 때가 있어요. 먹어도 먹어도 입이 심심할 때, 배는 부른데 뭔가 허전할 때, 그럴 땐 입도 재미있게 해주고, 기분까지 좋게 해주는 간단한 음식이 최고죠. 고르곤졸라와 검은 올리브의 조화가 잘 어우러진 맛있는 파니니. 바삭한 빵과 부드럽고 짭조름한 햄의 조화에 고르곤졸라의 꼬릿한 맛과 검은 올리브의 고소함이 더해진, 졸라 재미있고 맛있는 음식입니다.

재료
바게트, 고르곤졸라 치즈(너무 강하지 않은 것), 햄(프로슈토), 검은 올리브(씨 없고 짜지 않은 것).

1 바게트를 반으로 잘라 주세요.
2 햄을 올리고 고르곤졸라를 바르고 검은 올리브를 올립니다.
3 그릴에 꾹 눌러 구워주세요.

슈라는 파니니에 소스가 범벅인 것을 좋아하지 않아서 소스 대신 치즈를 넣습니다. 치즈가 소스 겸 간 역할을 하거든요.
이탈리아에서 먹는 검은 올리브는 저장 방법이나 종류에 따라 맛이 다릅니다. 씨 없고 짠맛이 없는 고소한 올리브를 넣어 주면 훨씬 맛있어요.

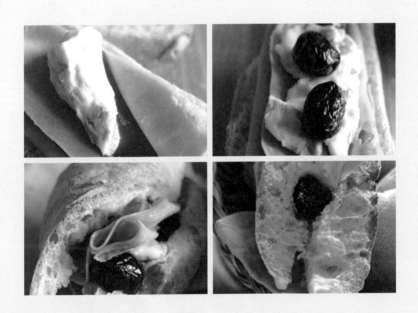

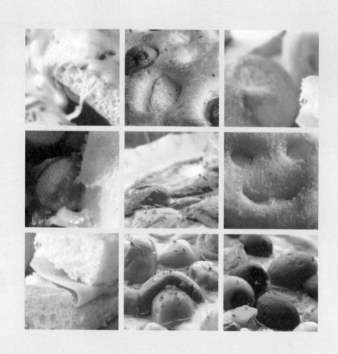

Pizz

피자

피자
피자 피자,
웃음꽃 피자!

Pizza

1분 반죽,
그리고 추억을 만든다
Pizza senza impasto

⟨ 슈라네 집 고소한 이야기 ⟩

고등학교 시절 엄마는 어디에서 피자 만드는 법을 배웠는지 반죽한 도에 여러가지 채소와 치즈를 올리고 프라이팬에 구워주시곤 했습니다. 스파게티 소스로 만들었던 엄마의 피자는 좀 달기는 했지만, 정말 맛있는 간식이었어요. 지금 생각해보면 피자를 시켜 먹었던 기억은 별로 없는데 엄마가 집에서 프라이팬에 구워줬던 달달한 피자는 왜 이리 생각이 나는지 모르겠네요.

슈라는 피자의 본고장 이탈리아에 살지만, 엄마가 그랬던 것처럼 집에서 피자를 굽습니다.

재료 25~30cm 피자 판 2개분

반죽, 밀가루 400g, 물 300mL, 올리브유 2큰술, 소금 5g, 물엿(또는 꿀) 5g, 드라이 이스트 2g, 토마토 퓌레, 모차렐라, 오레가노, 올리브유, 소금.

반죽은 먹기 전날 저녁에 합니다. 넉넉한 볼에 밀가루, 물, 올리브유, 소금, 물엿, 드라이 이스트를 넣고 가루가 보이지 않을 정도로만 반죽해주세요. 뚜껑이 있는 넉넉한 통에 반죽을 넣고 뚜껑을 덮어 부엌 한쪽에 놓아두세요.

다음 날 아침 청소기 한 번 돌리고 반죽 통을 열어요.

시큼한 냄새가 심하게 나더라도 절대 걱정할 필요 없어요. 반죽을 만지다 보면 없어집니다.

1 작업 판에 밀가루를 뿌리고 제빵용 주걱으로 반죽을 한 주걱 떼어 접어주세요. 반죽에는 밀가루를 묻히지 말고 주걱에 묻혀가며 2~3번 접어 줍니다.

2 반죽을 두 덩이로 나눠 한 시간 정도 둡니다. 한 시간 후, 손으로 꾹꾹 눌러 동그랗게 만들고 밀대에 밀가루를 묻혀가며 밀어줍니다.

3 피자 팬에 올리브유를 살짝 두르고 반죽을 깔고 소금 간을 한 토마토 퓌레를 반죽에
바릅니다.

4 220도 오븐에서 10분 정도 익히고, 다시 꺼내서 모차렐라를 올려 5분 정도 더 익힙니다.

슈라는 프레제몰러를 잘게 썰어 올리는데 오레가노 가루를 뿌리면 마르게리
타 피자가 돼요. 음~ 부드럽고 쫄깃합니다.

엄마가 집에서 만들어 준 피자를 우리 아이들은 먼 훗날 어떤 모습으로 기억
할까요?

Pizza

어른들이 좋아하는 풀리아식
포카치아

Foccacce tipo Pugliesi, uno

포카치아는 치아바타처럼 이탈리아 사람들이 즐겨 먹는 빵입니다.

'포카(foca)'는 불을 뜻하는 라틴어 '포카스(focas)'에서 왔고, 포카치아는 '불에 구운 것'의 의미예요. 오븐이 발명되기 전 이탈리아 중남부 지방에서 화덕에 구워 먹었다 하니, 이탈리아에서 가장 오래된 빵 중 하나가 바로 포카치아입니다.

포카치아는 제노바식과 풀리아식이 유명해요.

제노바식은 치즈를 넣어 만드는 것이 일반적인데 뒷맛이 깔끔하고, 풀리아식은 토마토와 절인 멸치 등 다양한 토핑을 넣어 짭조름하고 화려한 맛이 나죠. 슈라 아이들은 제노바식 포카치아를 좋아하고, 어른들은 풀리아식 포카치아를 좋아합니다.

재료

밀가루 400g, 삶은 감자 100g, 소금 5g, 물 180~200g, 생 이스트 13g(드라이 이스트 4g), 올리브유.

토핑 토마토, 삶은 감자, 올리브, 오레가노.

1 물에 이스트를 풀고 밀가루와 삶아 식혀 으깬 감자를 넣고 10분 이상 반죽을 합니다.

2 오븐 팬에 올리브유를 두르고 반죽을 넓게 펴 한 시간 정도 1차 발효를 시킵니다.

3 반죽 위에 올리브유를 조금 더 두르고 손끝으로 반죽을 꾹꾹 눌러 가스를 빼줍니다.

4 삶은 감자와 방울토마토, 올리브를 올리고 오레가노를 손으로 비벼 조금 뿌려주세요.

5 1시간 정도 지나 부피가 2배 정도 부풀면, 200도 오븐에서 20분 정도 익혀줍니다.

감자를 삶아 넣어 부드럽고, 고소한 올리브유의 향이 가득 배어나는 '풀리아식 포카치아'였어요.

처음과 끝이 다른
바삭한 포카치아
Focaccia croccante

재료도 별 차이가 나는 것 같지 않은데, 재료의 무게만 조금 바뀌어도 맛이
달라지고 향이 달라지는 것이 발효 빵이 아닌가 싶습니다.
겉은 바삭하고 속은 쫄깃한 두 가지 매력의 포카치아를 만들어볼게요.

재료

1차 반죽 강력분 175g, 물 175g, 드라이 이스트 3g, 물엿 1작은술.
2차 반죽 강력분 175g, 물 100g, 우유 2큰술, 소금 6g.

1 1차 반죽의 재료를 모두 넣고 주걱으로 반죽해요.
2 1시간 반 정도 발효를 시켜줍니다.
3 소금을 제외한 2차 반죽 재료를 넣고 5분 정도 반죽한 후, 소금을 넣고 10분 더 반죽해요.
4 오븐 팬에 올리브유를 살짝 두르고 반죽을 올려놓고 랩을 씌워 1시간 발효합니다.
5 실리콘 주걱에 올리브유를 발라 반죽을 ⅓씩 접어 줍니다.
6 1시간 정도 지난 후 반죽 윗부분에 올리브유를 발라 30분 동안 숙성시켜주세요.
7 200도 오븐에 25분 정도 구워줍니다.

오븐에서 막 꺼내 먹으면 겉은 바삭하고 안은 쫄깃해요. 시간이 지날수록 겉
의 바삭함은 없어지지만, 안의 쫄깃함은 그대로 남아있어요. 게다가 올리브
유가 빵에 스며들어 고소하죠.
바삭바삭, 쫄깃쫄깃 두 가지 매력의 포카치아입니다.
참! 포카치아는 가볍고 깔끔해 샌드위치 빵으로도 좋습니다.

Pizza

만두인가, 피자인가!
판제로티
Panzerotti(calzoni)

햇살이 좋아 나들이나 소풍 가기 딱 좋은 봄날. 엄마는 어떤 간식을 준비해야 하나 살짝 고민이 됩니다. 아이들은 밖에 나가 놀 때면 먹는 시간도 아깝거든요. 여기저기 다 참견하면서 놀아야 하니까요.

이럴 때 이것 하나만 있다면 배고픔 없이 놀 수 있어요. 게다가 손에 묻거나 흘릴 일도 없어 엄마의 잔소리도 필요 없죠.

하나씩 집어 들고 놀면서 먹기에 딱 좋은 간식!

아이들에게도 엄마에게도 참 편하고 고마운 간식!

만두의 탈을 쓰고 피자 맛을 내는 '판제로티'입니다.

나폴리가 원조인 판제로티는 반달 모양으로 만든 튀김 요리였는데, 구워진 모양이 불쑥 튀어나온 사람의 배 같다고 해서 '배'라는 뜻을 지닌 판치나(pancia)로 불리기 시작했어요.

튀김 요리지만, 슈라는 오븐에 구워요. 프라이팬에 구워도 됩니다.

재료

반죽 밀가루 500g, 설탕 1티스푼, 물 250g, 올리브유 2큰술, 드라이 이스트 7g(생이스트 25g).
속 재료 모차렐라, 토마토소스, 햄, 채소(양파, 가지, 호박).

1 물에 이스트를 풀고 설탕과 함께 녹입니다. 설탕은 발효를 돕기 위해 아주 조금만 넣어요.

2 밀가루−물−올리브유−소금 순으로 넣고 반죽을 시작합니다. 기계 반죽은 15분, 손 반죽은 20분 정도 치대둡니다.

3 둥글게 뭉쳐 놓은 반죽을 랩으로 씌워 상온에서 1차 발효를 합니다. 부피가 2배 정도 부풀면 발효 완성이니 속을 준비합니다.

4 기본은 모차렐라와 토마토소스를 살짝 발라 넣는 것인데, 슈라는 햄, 양파, 가지, 호박에 소금을 넣고 올리브유에 볶아요.

5 1차 발효가 끝나면 반죽을 얇게 펴 속을 넣고 만두 빚는 것처럼 꼭꼭 눌러가며 모양을 만들어줍니다. 이때 반죽을 너무 얇게 밀지 않는 게 좋아요. 굽는 과정에서 속이 터져 빠져나오거든요.

6 220도 오븐에서 10~15분 정도 구워줍니다.

뜨거울 때 먹으면 더 맛있지만, 아이들에게는 위험할 수 있으니 조금 식혀주세요. 취향에 따라 스위스 치즈 에멘탈이나 프랑스 치즈 브리를 넣어도 좋습니다.

비발디도 몰랐을 사계절 피자

Pizza quattro stagioni

〈 슈라네 집 고소한 이야기 〉

봄 여름 가을 겨울. 사계절 하면 떠오르는 작곡가, 생각나는 음악이 있어요. 바로 이탈리아 작곡가이자 바이올린 연주자 '비발디'의 '사계'입니다.

이탈리아 일반 피자집에는 '사계절 피자'라는 메뉴가 있어요. 비발디를 그리기 위함일까요? 봄 여름 가을 겨울, 사계절 내내 먹는 음식이 피자라서 그럴까요? 여러분이 그리는 사계절은 어떨지 궁금하네요. 만들어볼까요!

재료 30cm 피자 판 2개 분

피자 반죽 물 300~320mL, 강력분 500g, 설탕 1작은 술, 올리브유 3큰술, 소금 10g, 드라이 이스트 5g.

토핑 재료 피자용 토마토소스, 모차렐라, 굽거나 익힌 채소(올리브, 올리브유에 절인 버섯, 카르쵸피, 구운 피망, 햄, 소시지 등등 취향에 따라 준비).

1 미지근한 물에 이스트와 설탕을 풀고 밀가루와 나머지 반죽 재료를 넣어 반죽합니다. 수제비 반죽처럼 손에 착 감길 정도로 반죽을 치대주세요.

2 1차 발효로 부피가 2배 정도 부풀면 가스를 빼고 두 덩어리로 만들어 잠깐 둡니다.

3 오븐 팬에 맞게 반죽을 얇게 밀어 10분 정도 두고, 소스와 모차렐라를 뿌린 후, 토핑 재료를 적당히 나눠 올려요.

4 200도 오븐에서 10~15분 정도 구워주세요.

보통 피자집에서는 프로슈토(햄), 카르쵸피, 버섯, 올리브를 기본으로 하는데, 슈라는 아이들 취향에 맞는 재료를 올리게 했어요. 네 등분으로 나눠야 균형 있고 색이 살아 있는 사계절이 됩니다.

비발디의 사계를 들으며 사계절 피자를 먹는다면 맛이 더 풍부해질 것 같은 건 저만의 생각일까요!

Pizza

애들아! 오늘은 많이많이 웃어라~
웃기는 피자

Che Pizza... sorridi~

〈 슈라네 집 고소한 이야기 〉

웃으면 복이 오고, 웃을 일이 없어도 일부러 웃으면 웃을 일이 생긴다지요? 그런 의미에서 웃기는 피자 한 번 만들어 볼게요. 오늘은 아이들이 마음껏 웃는 날입니다.

재료 15~20cm 오븐 팬 3개

피자 반죽 밀가루 400g, 물 300mL, 꿀(또는 설탕) 1작은술, 소금 2작은술, 드라이 이스트 7g, 올리브유 3큰술, 매쉬 포, 이터가루 10g(생략 가능).

소스 피자소스 10큰술, 모차렐라 300g, 삶은 감자 1개, 소시지, 실파, 소금, 올리브유.

1 물에 이스트와 꿀 또는 설탕을 섞어 풀어준 후, 밀가루와 나머지 재료를 넣고 반죽합니다. 2분 정도 손바닥으로 꾹꾹 눌러가며 반죽해 주세요.
2 둥글게 만들어 한 시간 정도 둔 후, 부피가 두 배로 부풀면 주걱으로 가스를 빼요. 그리고 반죽을 가운데로 모으듯 뒤집어 10분 정도 더 둡니다.
3 반죽이 발효되는 동안 감자를 삶고 모양을 만들어요. 감자는 너무 얇지 않게 잘라 우유 뚜껑으로 둥글게 얼굴을 만들고, 빨대로 눈을, 입은 칼로 조심히 잘라요.
4 남은 감자는 으깨 소금 간을 하고 다진 파를 넣고 작은 볼 모양을 만들어요.
5 작은 소시지를 십자 모양으로 칼집을 내고 작은 볼 모양 감자를 넣습니다.
6 팬에 올리브유를 두르고 반죽을 떼어 넓게 펴주고 소스를 발라요.
7 200도 오븐에서 15~20분 정도 구운 후, 다시 꺼내 모차렐라를 뿌리고 감자와 소시지를 올려 10분 정도 구워줍니다.

반죽과 모차렐라를 따로 굽는 이유는 포카치아처럼 푹신한 빵 느낌을 살리기 위해서입니다. 감자와 소시지는 재미있고 앙증맞게 올려주세요. 웃고 있는 피자를 먹고 나면 아이들 마음속에도 작은 미소가 심어질 거예요.

Pane

파네

오늘은
먹기 좋은 날,
빵빵 먹어봐요~

크리스마스의 행복
파네토네
Panettone con lievito liquido

〈 슈라네 집 고소한 이야기 〉

굴뚝을 타고 내려오는 산타 할아버지가 혹시나 미끄러져 허리라도 다치시면 어쩌나 걱정하느라 잠 못 자던 한 아이가 식구들이 자는 틈을 타서 살금살금 벽난로로 걸어가더니 파네토네를 벽난로 안에 넣어두고 뿌듯한 마음으로 잠자리에 듭니다. 크리스마스 아침, 선물이 있는 나무 밑에 파네토네 한 조각이 접시에 놓여 있습니다.

어느 회사의 파네토네 광고처럼 이탈리아 사람들에게 파네토네는 푹신한 방석처럼 따뜻한 마음이 담겨 있는 크리스마스의 빵입니다.

크리스마스를 기다리는 아이들의 마음처럼, 파네토네도 오랜 발효가 주는 기다림의 끝에 맛볼 수 있는 빵입니다. 시간은 좀 걸리지만, 이탈리아의 파네토네 맛을 전해 드릴게요.

재료 22cm 케이크 틀 2개분

1차 반죽 생 이스트 5g(또는 드라이 이스트 2g), 따뜻한 물 100g, 강력분 50g.

2차 반죽 1차 반죽, 강력분 390g, 설탕 90g, 버터 90g, 달걀 1개, 노른자 2개, 따뜻한 우유 190g, 생 이스트 20g(또는 드라이 이스트 5g).

3차 반죽 강력분 93g, 설탕 90g, 버터 70g, 달걀 1개, 노른자 2개, 소금 5g, 꿀 20g, 바닐라.

취향에 따라 건포도 100g, 오렌지 절임 100g.

토핑 아몬드 가루 100g, 설탕 160g, 흰자 4개분, 감자 전분 20g.

1 1차 반죽은 12시간 정도 발효를 해야 합니다. 이스트를 물에 풀어 밀가루를 넣고 반죽을 뭉친 후 뚜껑이 있는 통에 넣어 상온에 둡니다.

2 발효된 1차 반죽을 반죽기에 넣고 '따뜻한 우유-이스트-설탕-밀가루-달걀-노른자'를 2분 정도 간격을 두고 넣어 만죽합니다. 반죽기에 빈죽을 넣고 4~6시간 정도 기다려 반죽이 2배로 부풀면 2차 발효 완성입니다.

3 2차 발효된 반죽을 반죽기에 넣고 '밀가루－달걀－노른자－버터－꿀－소금' 순으로
넣고 3차 반죽을 합니다. 이때 밀라노식 파네토네를 원한다면, 물이나 럼주에 담가 놓
았던 건포도나 오렌지 설탕 조림을 넣어도 좋아요. 아이들이 좋아하는 다크 초콜릿이
나 바닐라를 넣어도 좋고요. 3차 발효는 4~6시간 정도 소요됩니다.

4 3차 반죽이 두 배로 부풀어 오르면 틀에 넣어 줍니다. 일반 케이크 틀에 기름종이를 깔
고, 케이크 틀에 맞춘 기름종이를 틀보다 2cm 정도 올라오도록 만들어줍니다. 그리고
반죽을 틀의 높이에 반이 안 되게 넣어줍니다. 달달한 베니스식 파네토네를 원하면 토
핑을 올려도 좋습니다. 작은 파네토네를 원한다면 머핀 틀을 이용하셔도 돼요. 슈라도
일반 케이크 틀에 하나, 나머지는 머핀 틀에 넣었어요.

5 틀에 넣은 반죽이 두 배 정도 부풀면 (상온에서 4시간 소요) 180도 오븐에서 케이크 틀에
넣은 반죽은 40~45분 정도, 머핀 틀에 넣은 반죽은 20분 정도 구워줍니다.

하루가 지나야 더 맛있다고 하는데, 슈라네 아이들은 집에서 구운 파네토네
는 하루를 넘긴 적이 없습니다! 산타 할아버지의 선물 꾸러미만큼이나 푸짐
하고 산타 할아버지의 미소만큼이나 포근한 파네토네.

Pane

나의 힐링이 시작된다
통밀 치아바타
Ciabatta integrale

아침마다 동네 구석구석 빵집에서 빵 굽는 냄새가 퍼지는 이탈리아.

많은 종류의 빵이 있지만, 인기 좋은 빵을 꼽으라면 당연히 이 빵입니다. 이탈리아를 대표하는빵이기도 하구요. 이탈리아인들 삶의 한구석을 책임지는 든든하고 착한 국민 빵! 바로 '치아바타'예요.

슬리퍼 모양을 닮아 치아바타라고 하죠. 치아바타는 쉽게 사 먹을 수 있는데, 슈라는 집에서 만들기를 즐깁니다. 마음이 심란하고 복잡할 때, 내 이야기를 누군가와 나누고 싶을 때, 슈라는 밀가루와 이스트에게 손에 내밀어요. 반죽에 신경 쓰고 정성을 다해 빵을 만들다 보면 정리되지 않았던 주변이 정리되고, 여유가 생기기 때문이죠. 빵이 주는 포근함이 삶의 리듬에 작은 쉼표를 던져주는 듯합니다.

슈라의 힐링, 치아바타. 오늘은 통밀을 듬뿍 넣어 씹히는 맛이 기분 좋은 통밀 치아바타를 만들어 볼게요.

재료

강력분 300g, 통밀가루 200g, 물 400g, 소금 6~8g, 드라이 이스트 3g.

1 따뜻한 물에 이스트를 풀고 밀가루와 통밀가루를 넣어 나무주걱으로 섞어줍니다.
2 1분 정도 잘 섞어주고 소금을 넣고 다시 섞은 후 뚜껑이 있는 통에 넣어요. 반죽이 아주 묽지만 걱정하지 마세요.
3 냉장고에 하루 정도 둡니다.
4 20시간 정도 지나 반죽을 꺼냅니다.
5 작업대에 밀가루를 뿌리고, 반죽을 놓고 원하는 크기로 잘라 둡니다.
6 다른 한 편에 랩을 깔고 밀가루를 뿌린 후, 랩 위에 반죽을 놓습니다. 랩에 뿌린 밀가루 자욱이 빵의 무늬로 남아요.

7 30분 정도 지나 빵을 뒤집어 밀가루 자욱이 생긴 쪽이 위로 오도록 오븐 팬으로 옮겨 놓습니다. 깨진 달걀 만지듯 조심해서 만져주세요. 반죽이 꺼지거나 형태가 변하면 멋이 없어지거든요.

8 30~40분 정도 랩을 씌워 상온에서 발효합니다.

9 230도 오븐에서 30분 정도 구워주세요.

재료는 간단한데 만드는 과정이 복잡하고 길죠? 그러나 기다림의 미학이 있는 게 바로 발효빵입니다.

겉은 바삭~ 안은 쫄깃~한 치아바타. 뚝! 잘라 그냥 먹기도 하고, 샐러드나 스파게티 소스에 찍어 먹기도 하는데, 어떻게 먹어도 다 맛있습니다.

천연 발효종 만들기

〈 슈라네 집 고소한 이야기 〉

아침 6시 30분. 우리 동네 빵집이 문을 여는 시간이에요. 이탈리아에 온 지 얼마 안 되었을 때, 담백하고 단순한 이탈리아의 빵 맛에 빠져버린 슈라는 한동안 아침 일찍 빵집에 가서 여러 가지 빵 중 두세 개를 골라 맛보는 것으로 하루를 시작했어요.

"빵이 아직 따뜻하니 식을 때까지 봉투를 열어 놔요. 그래야 더 맛이 있어요." 빵집 주인의 말대로 빵 봉투를 열고 집까지 걸어가는데, 모락모락 김과 함께 피어 오르는 고소한 빵 냄새가 사정없이 나를 유혹했죠. 나도 모르는 사이에 손바닥 크기만 한 빵의 한 부분을 툭 잘라 입에 넣고, 세상을 다 얻은 것 같은 행복에 빠졌답니다. 입가에 허연 밀가루를 묻히고 집으로 돌아와 바삭한 빵을 반으로 툭 자른 후 쫄깃하고 따뜻한 하얀 속살에 잼을 넉넉히 발라 아이들과 함께 먹었던 달콤한 기억이 있습니다.

특별한 첨가물도 없고 특별한 기술도 필요로 하지 않는 것이 이탈리아의 빵이에요. 물과 밀가루의 비율, 밀가루의 종류, 발효의 방법에 따라 빵 종류가 달라지지만, 결국 밀가루, 소금, 물, 발효종이 합쳐져 오븐에 구워낸 단순한 빵이죠. 단순하고 진실한 삶이 아니면 빵을 구우며 살 수 없다고 해요. 그럼 빵을 구우며 살면 단순하고 진실한 삶이 될 수 있을까요?

슈라는 빵을 만들어 굽습니다. 오랜 시간 정성과 기다림이 담긴 발효종으로 말이죠. 이탈리아에서는 모종을 어머니 반죽, 파스타 마드레(pasta madre)라고 불러요. 어머니의 손길, 어머니의 마음이 담겨있기 때문이죠.

여러 가지 발효종이 있지만, 슈라는 두 가지 발효종을 소개합니다.

먼저 액종을 만듭니다.

과일은 싱싱한 것보다는 많이 익었거나 상하기 직전의 과일이 좋아요. 용기에 재료를 넣고 뚜껑을 덮어 3~4일 정도 상온에 둡니다. 발효를 위해 중요한 것이 실내 온도인데 26~28도가 가장 적당해요.

하루에 한 번씩 뚜껑을 열어 공기를 바꿔줍니다. 4일 정도 지나면 병에서 기포나 과일이 올라오는데, 과일이나 허브를 걸러 낸 물이 액종이고, 이 액종으로 발효종을 만들어요.

발효종은 살아있는 유산균이어서 지속적으로 밥을 줘야 효모를 증식하는데, 밥을 너무 적게 줘도, 많이 줘도 안 됩니다. 남아 있는 발효종, 밀가루, 물을 1:1:1 비율로 밥 주기를 해야 해요. 밥은 세 번 주는 것을 기본으로 합니다.

재료

깨끗이 씻은 허브나 과일 100g, 정수한 물 100g, 꿀이나 설탕 10g, 소독한 유리병이나 플라스틱 밀폐 용기.

1 액종 100g, 밀가루 100g, 물 100g을 넣고 잘 섞어 24시간 상온에서 발효시킵니다.

2 1번에서 얻은 발효종 100g, 밀가루 100g, 물 100g을 넣고 24시간 발효시킵니다. 1번에서 남은 반죽은 버립니다.

3 2.번에서 얻은 발효종 100g, 밀가루 100g, 물 100g을 넣고 부피가 두 배로 부풀 때까지 기다립니다. 24시간 정도 걸려요.

4 3번에서 얻은 발효종 100g, 밀가루 100g, 물 50g을 넣고 4시간 동안 부피가 2배로 부풀면 빵을 만들 수 있는 좋은 발효종이 만들어진 것입니다. 만약 12시간이 지나도 반 이상이 부풀지 않으면 24시간 발효를 하고 4번의 방법을 반복합니다.

| 요구르트 발효종 |

1 강력분 100g, 요구르트 100g을 잘 섞어 덩어리로 만들어 가제로 덮어 24시간 둡니다.
   랩을 씌워 보관할 경우 작은 꼬치로 구멍을 6~8개 정도 내서 보관합니다.

2 48시간이 지나면 굳어진 윗부분을 걷어내고, 100g을 만들어 줍니다. 이것이 요구르트
   액종입니다.

3 요구르트 액종 100g, 밀가루 100g, 물 50g을 섞어 24시간 발효합니다. 이 방법을
   24시간마다 3~4번 정도 반복합니다.

일반 가정에서 발효종을 만들 때 주의할 점이 있어요. 집집마다 습도와 온도
가 달라 발효종이 완성되는 정확한 기간을 말할 수는 없어요. 실내 온도를
26~28도 맞췄을 때, 보통 짧으면 3~4일, 길면 1주일 정도 걸립니다. 반죽을
만든 지 4시간이 지나 반죽이 두 배로 부풀면 빵을 만드는 천연 이스트 즉, 발
효종이 완성된 겁니다.

슈라는 1~2번째 밥 주기에서 필요한 만큼만 남기고 나머지 액종을 버려가며
밥 주기를 해요. 아까운 마음에 버리지 못하는 사람들도 있는데, 버리지 않으
면 완성된 발효종이 많아져 관리하기 힘들어집니다.

모종을 만들어 빵을 만들고 남은 발효종 보관법은 발효종, 밀가루, 물을
1:1:0.5의 비율로 밥 주기를 해 냉장보관을 하고, 냉장고에 보관된 모종은
3~4일에 한 번씩 밥 주기를 하면 됩니다.

요구르트는 첨가물이 들어있지 않은 천연발효 요구르트나, 지방 함유량이 적
은 플레인 요구르트를 사용하세요.

그리고 무엇보다도 중요한 것은, 끈기를 가지고 기다리는 겁니다.

Pane

안심 주전부리
그리시니
Grissini

〈 슈라네 집 고소한 이야기 〉

엄마들이 아이들에게 안심하고 먹이는 주전부리가 있다면 바로 '그리시니'가 아닐까 싶어요.

빵이나 과자 대신 먹는 그리시니는 이탈리안 식당에 가면 제일 먼저 식탁에 올라오는 주전부리 중 하나예요. 밀가루 종류에 따라 씨를 섞어 변화를 주기도 하지만, 가장 기본적인 그리시니를 만들어 볼게요.

재료

물 160g, 밀가루 380g, 올리브유 40g, 물엿 1작은 술, 소금 6g(천일염) 드라이 이스트 4g.

1 물을 반으로 나눠서 반은 이스트와 물엿을 넣어 풀어주고, 반은 소금을 넣습니다.

2 이스트 넣은 물에 밀가루를 섞고 어느 정도 엉기기 시작하면 소금 넣은 물을 넣어요.

3 10분 정도 기계 반죽을 한 후 수제비 반죽하듯 손으로 밀어 반죽해주세요.

4 20분 정도 발효시키고 반죽을 손으로 꾹꾹 눌러 넓게 편 다음 ⅓ 접기를 해 사각으로 만듭니다.

5 랩을 펴서 올리브유를 바르고 반죽을 올리고, 반죽 위에 올리브유를 바르고 밀가루를 뿌려 랩을 씌워 60~80분 정도 발효합니다.

6 발효된 반죽을 누르거나 다듬지 말고 발효된 그대로 칼로 잘라 줍니다. 슈라는 손가락 굵기 정도로 잘랐어요.

7 자른 반죽을 조심스럽게 길게 늘려 오븐 팬에 놓습니다.

8 220도 온도에서 15~20분 정도 구워줍니다.

그리시니는 프로슈토에 돌돌 말아 먹기도 하고, 치즈에 찍어 먹기도 하고, 샐러드에 뚝뚝 잘라 넣어 먹기도 하고, 길게 하나 집어 끊어 먹기도 하는 심플하면서도 재미있는 과자입니다.

Pane

시칠리아 스타일의
올리오빵

pane olio alla siciliana

〈 슈라네 집 고소한 이야기 〉

'시칠리아'를 생각하면 영화 〈대부〉에 나오는 코자 노스트라(cosa nostra)라는 조직의 마피아가 떠오릅니다. 시칠리아에는 가보지 않았지만, 슈라가 알고 있는 시칠리아 사람들은 성실하고 정직합니다. 그런 사람들의 향기가 풍기는 부드럽고 멋스러운 시칠리아 스타일의 빵이 있어요. 바로 '올리오빵'입니다. 올리오(olio)는 기름이라는 뜻이에요. 좋은 기름을 써야 맛도 좋다지만, 슈라는 일반 올리브유를 즐겨 씁니다. 식용유, 포도씨유도 괜찮지만, 올리브유를 썼을 때 빵의 풍부한 맛이 살아난다고 할까요.

재료

밀가루(강력분) 500g, 물 260g, 올리브유 45g, 이스트 5g, 꿀 1작은술, 소금 1작은술.

1 이스트는 물에 잘 풀어주고 밀가루와 기름, 꿀을 넣어 반죽합니다.
2 반죽이 뭉쳐지면 소금을 넣고, 기계 반죽은 10분, 손 반죽은 15분 이상 치대주세요.
3 반죽을 8~9개로 나눠 빵 모양을 만들어요. 정해진 모양이 있는 것은 아니지만, 나비 모양으로 만드는 것이 일반적입니다.
4 모양을 만들고 1시간 정도 2차 발효가 되면 올리브유를 바르고 깨를 뿌려줍니다.
5 200도 오븐에서 30분 정도 익힙니다.

부드럽고 쫀득하면서도 촉촉한 '올리오빵'이었습니다.

Pane

피아디나 로마뇰라

Piadina romagnola

〈 슈라네 집 고소한 이야기 〉

발사믹 식초와 프로슈토로 유명한 에밀리아 로마냐(emilia romagna) 지방의 대표적인 음식입니다. 처음에는 치즈와 채소를 곁들여 먹는 빵이었는데, 세월이 지나 이것저것 곁들여 파니니처럼 푸짐하게 먹게 되었다는군요.

이탈리아에는 피아디나만 만들어 파는 피아디나 전문점이 있는데, 메뉴가 무려 30가지가 넘습니다.
들어가는 소스, 햄, 채소와 치즈 종류에 따라 맛이 달라지기 때문이죠. 재료에 따라 다양한 맛을 내는 깔끔하고 담백한 음식으로 이탈리아 사람들이 즐기는 점심 메뉴 중 하나입니다.

재료
중력분 500g, 우유 250g, 소금 1작은술, 올리브유 60~70g.

1 기계로 5분, 손으로는 10분 정도 수제비 반죽하듯 치대며 반죽합니다.
2 반죽을 30분 정도 좀 쉬게 해 주세요. 그럼 반죽이 쫄깃해지고 더 잘 밀리거든요.
3 잘 쉬어서 잘 숙성된 반죽을 열 등분으로 나눠 얇게 밀어줍니다. 준비한 팬의 크기에 맞춰 피아디니 크기를 만들어 주세요.
4 뜨겁게 달궈 놓은 프라이팬에 앞뒤로 잘 구워주면 됩니다.

피아디나는 올리브유 대신 돼지비계로 반죽하는 것이 정석인데, 요즘은 대부분 올리브유로 하는 편이에요. 베이킹 소다도 조금 넣는데 슈라는 생략합니다.
피아디나는 빵을 대신해 식사 때 함께 먹기도 히고, 속을 채워 한 끼 식사로 든든하게 즐기기도 해요.

대책 없이 맛있는 빵
비오바
Pane tipo biove

⟨ 슈라네 집 고소한 이야기 ⟩

담백한 빵이 먹고 싶은 날 추천합니다! 비오바빵!

피에몬테 지역에서 처음 만들어졌습니다! 비오바빵!

파니니로 먹어도 잼에 발라 먹어도 손색이 없습니다! 비오바빵!

하지만 말입니다, 비오바빵!

그냥 빵만 먹을 때 가장 정직한 맛을 느낄 수 있습니다! 비오바빵!

그래서 말입니다, 비오바빵!

슈라는 아무것도 넣지 않고 그냥 먹습니다! 비오바빵!

노래처럼 불러본 비오바빵 소개였습니다.

재료

물 300g, 밀가루(강력분이면 더 좋아요) 500g, 드라이 이스트 6g, 물엿 5g, 올리브유 3큰술, 소금 8g.

1 반죽용 용기에 따뜻한 물을 담고 드라이 이스트를 풀어주세요.

2 물엿을 넣고 잘 섞어 준 다음 밀가루를 두세 번 나눠가면서 섞어줍니다.

3 올리브유를 넣고 치대다가 반죽이 엉기면 소금을 넣고 20분 정도 기계 반죽해주세요.

4 반죽을 두 덩어리로 나눠 랩을 씌우고 20분 정도 둡니다.

5 반죽을 얇게 여러 번 밀어줍니다. 슈라는 7번 정도 밀어 겹치기를 반복했어요. 반죽을 두 덩어리로 나눴으니 이 방법을 두 번 반복해야겠죠?

6 그리고 반 죽을 다시 둘로 나눠 네 덩어리를 만들어요.

7 마지막으로 반죽을 얇고 길게 밀어 돌돌 말아 줍니다. 말아 놓은 부분이 옆으로 나오지 않도록 말린 부분에 무게가 있는 것들로 고정해 놓고 랩이나 깨끗한 면 행주를 씌워 1시간 반 정도 발효시켜요.

8 부푼 반죽을 누르지 말고 가스가 있는 그대로 반을 잘라 줍니다. 가운데 잘린 부분을

날카로운 칼로 다시 잘라 형태를 만들고 칼집을 냅니다.

9 2차 발효 없이 200도 오븐에 분무기로 물 한 번 뿌려주고 반죽을 넣어 30~35분 정도 익히면 됩니다.

갓 구워 나온 비오바 빵 완성!

바삭, 쫄깃, 담백함에 정신없이 먹게 되는, 대책 없이 먹어도 맛있어서 기분 좋은 비오바빵입니다.

Dolce
돌체

로마의 휴일?
달콤한 휴일!

Dolce

여왕의 케이크
마르게리타 케이크
Torta margherita

〈 슈라네 집 고소한 이야기 〉

마르게리타 피자가 이탈리아의 대표 피자라면 마르게리타 케이크는 국민이 사랑하는 케이크 중 하나입니다. 마르게리타(margherita)는 '달걀 꽃'이라는 뜻이지만, 사보이의 마르게리타(Margherita di savoia) 여왕이 즐겨 먹어서 '마르게리타 케이크'라 부르기 시작했다고 해요.

간단한 기본 재료로 깊은 맛을 최대한 끌어올린 이 케이크를 좋아했다니, 마르게리타 여왕은 굉장한 미식가였나 봅니다. 마르게리타 여왕이 좋아한 이탈리아의 케이크, 우리도 만들어봐요.

재료

달걀 3개, 노른자 7개, 슈거파우더 200g, 밀가루 140g, 녹말가루 60g, 바닐라 가루 조금, 레몬 껍질 1개분, 녹인 버터 60g.

1 잘 닦은 레몬 껍질을 갈아 준비해둡니다.

2 달걀과 노른자를 섞어 중탕하면서 거품기로 거품을 냅니다. 이때 설탕을 2~3번 나눠 가며 넣어 주세요.

3 5분 정도 중탕한 후 불에서 내려 10분 정도 더 거품을 냅니다. 거품이 단단하고 하얀색으로 변할 때까지 해주세요.

4 밀가루와 녹말가루를 체에 한 번 내리고 달걀과 섞어줍니다. 가루가 보이지 않을 정도로 살살 주걱을 위아래로 움직이며 섞어주세요.

5 레몬 껍질과 바닐라 가루, 녹인 버터를 넣고 케이크 틀에 넣어줍니다. 20~24cm 정도 크기면 됩니다.

6 180도 오븐에 넣어 20분, 온도를 10도 정도 내려 20분 정도 더 익힙니다.

7 오븐에서 꺼내 케이크 식힘 망에 거꾸로 엎어 틀에서 빼내 식힙니다.

8 슈거파우더를 살짝 뿌려줍니다.

스펀지케이크, 카스텔라와 함께 보들보들 촉촉한 케이크 세 자매 중 하나인
마르게리타. 스펀지케이크보다는 조금 묵직하고, 카스텔라보다는 더 부드러
워요. 우유 한 입 마시고 케이크 한 조각 넣으면 스르르 녹아버리죠.
아이들에게도 영양 간식이지만, 커피 한 잔과 함께하면 여자들에게는 여왕이
된 기분을 주는 케이크이기도 해요.

〈 슈라네 집 고소한 이야기 〉

판나코타
panna cotta

판나코타(panna cotta). 이탈리아어로 Panna는 '생크림', cotta는 '굽다, 익히다'라는 뜻입니다. 판나코타는 생크림을 끓여 만든 이탈리아의 대표적인 후식입니다.

판나코타에는 '바닐라 빈'이 들어가요. 비싼 제빵 재료 중 하나인데, 슈라는 후식을 제대로 먹고 싶을 때 삽니다. 바닐라 빈이 들어가는 판나코타! 귀하게 소개합니다.

| 꽃향기를 닮은 바닐라 맛 판나코타 Panna cotta con salsa di fragole |

꽃향기를 닮은 부드러운 판나코타입니다.

재료 4~6인분

바닐라 판나코타 설탕을 넣지 많은 제빵용 생크림 600mL, 설탕 100g, 바닐라 빈 1개, 판 젤라틴 3장.

딸기 소스 딸기 200g, 설탕 20g, 레몬즙 2큰술.

● 바닐라 판나코타

1 판 젤라틴은 물에 녹여둡니다.

2 냄비에 크림, 설탕, 바닐라 빈을 넣고 15분 정도 중불에서 끓입니다.

3 바닐라 빈을 건져 씨를 발라 냄비에 넣고, 불에서 내려 젤라틴을 잘 섞어 식혀 둡니다

4 작은 컵에 나눠 붓는데, 일회용 종이에 담으면 좋습니다.

5 냉장고에 4시간 이상 둡니다.

● 딸기 소스

1 잘 씻어 썬 딸기와 설탕을 냄비에 넣고 5분 정도 끓입니다.

2 냄비를 불에서 내리고 레몬즙을 넣고 식혀줍니다.

3 2시간이 지나야 가장 좋은 맛이 납니다.

냉장고에 넣어둔 판나코타를 접시에 담아 딸기 소스를 곁들여도 좋고, 일회용 컵에서 빼내지 말고 컵 위에 딸기만 올려도 됩니다. 부드럽고 달콤한 꽃 냄새가 느껴지는 맛있는 후식입니다.

| 부드러운 커피의 뒷모습처럼, 커피 판나코타 panna cotta al caffe |

하늘이 준 귀한 선물, 커피 향을 뒤집어쓴 달콤하고 부드러운 '커피 판나코타' 입니다.

재료 4인분

생크림 250m, 우유 200mL, 판 젤라틴 7g, 바닐라 1개, 알커피 1큰술, 설탕 100g.

시럽 커피 진액 3잔, 설탕 100g.

1 판 젤라틴을 물에 담가 불립니다.

2 설탕과 바닐라 한 개, 우유, 크림을 다 넣고 중불에서 20분 정도 끓여요.

3 커피와 바닐라를 체에 걸러 빼내고 바닐라를 반으로 잘라 씨를 꺼내 끓인 우유에 섞어 줍니다.

4 불려 놓은 젤라틴을 끓인 우유에 넣고 불에서 내려 잘 섞어주세요.

5 20분 정도 식힌 후 컵에 넣어 냉장고에 4시간 이상 둡니다.

6 시럽은 먹기 2~3시간 전 커피와 설탕을 섞어 5분 정도 졸여 식히면 됩니다.

입안 가득 커피 향의 여운을 남기는 멋진 후식 '커피 판나코타'입니다.

초코 메링가타

Meringata al cioccolato

〈 슈라네 집 고소한 이야기 〉

머랭으로 만드는 가정식 아이스크림 케이크입니다. 이 케이크의 중요한 재료는 머랭입니다. 직접 만들어도 좋고, 제과점에서 사서 써도 좋아요.

재료

머랭 달걀흰자 2개, 설탕 100g (또는 시판용 머랭 쿠키 200g).

다크초콜릿 150g, 생크림 500g, 설탕 3~5큰술.

1 달걀흰자에 설탕을 넣고 단단히 거품을 냅니다.

2 오븐 팬에 잘 펴서 100도 온도에서 2시간 반~3시간 정도 익힙니다.

3 식힌 머랭을 잘게 잘라 놓습니다.

4 생크림에 설탕을 넣고 단단히 거품을 냅니다.

5 생크림 거품에 다진 머랭과 다진 초콜릿 100g을 넣고 케이크 틀에 담아요.

6 냉동고에 4시간 이상 보관한 후 먹으면 됩니다.

7 먹기 전에 중탕해서 녹인 50g의 초콜릿을 뿌려 장식하면 더 멋진 아이스크림이 됩니다.

취향에 따라 단맛을 조절할 수 있어 좋은 엄마표 아이스크림 케이크입니다.

폼나는 얼룩말 케이크
Torta zebrata

〈 슈라네 집 고소한 이야기 〉

싸이의 〈강남스타일〉이 이탈리아 전역을 흔들고 갔습니다. 딸아이가 다니는 수영장에도 시내 전자 상가에도 〈강남 스타일〉이 쩌렁쩌렁 울리고 싸이 뮤직 비디오가 틀어져 있었죠. 세계적인 스타가 된 싸이를 응원하는 마음으로 폼 나는 얼룩말 케이크 만들어볼까요.

재료

달걀노른자 6개+설탕 150g, 달걀흰자 6개+설탕 150g, 우유 125mL, 식용유 120mL, 바닐라향 1g, 베이킹파우더 1봉지(16g), 밀가루 380g, 소금 조금, 카카오 가루 4큰술.

1 오븐 팬을 180도로 예열합니다.

2 달걀노른자와 흰자를 분리해 설탕을 넣어 따로 거품을 냅니다. 노른자 거품을 낼 때에는 식용유(땅콩기름. 콩기름. 올리브유. 포도씨유 등등)를 넣어요.

3 밀가루와 베이킹파우더를 체에 내리고, 노른자 거품에 밀가루와 우유를 넣어 잘 섞습니다.

4 단단히 거품 낸 흰자를 1스푼씩 떠 노른자 반죽에 넣고 밀가루와 잘 섞이도록 주걱을 밑에서 위로 올리며 섞어줍니다.

5 반죽을 반으로 나눠 한쪽에는 바닐라향을 넣고, 다른 한쪽에는 코코아 가루와 우유 1큰술을 넣고 섞어 줍니다.

6 버터를 살짝 발라 놓은 케이크 틀에 하얀 바닐라 반죽 1국자, 코코아 반죽 1국자를 번갈아가며 넣어 줍니다. 바로 이 기술이 얼룩을 좌우합니다.

7 반죽을 부은 틀을 예열된 오븐에 넣어 굽습니다.

8 40분 정도 시간이 지나 나무젓가락을 넣어 반죽이 묻어 나오지 않으면 완성입니다.

슈라는 보기만 해도 즐거워서 기분이 꿀꿀할 때 얼룩말 케이크를 만들곤 합니다. 달달하고 촉촉한 맛에, 먹으면 더 즐거워지죠.

Dolce

아몬드 당근 케이크
Torta alle carote e mandorle

〈 슈라네 집 고소한 이야기 〉

우리에게 생소한 당근 케이크는 이탈리아에서 인기 좋은 케이크 중 하나입니다. 케이크 레시피 하나 정도는 손에 쥐고 솜씨 자랑하는 아줌마들 틈에서 슈라가 자신 있게 만드는 케이크이기도 해요. 케이크 좋아하시죠? 그럼, 당근 케이크입니다.

재료 케이크 틀 18~20cm 기준

케이크 통 아몬드 150g(또는 아몬드 가루), 당근 150g, 달걀 3개, 설탕 100g, 베이킹파우더 4~5g, 밀가루 50g, 레몬 ½개분.

취향에 따라서 생크림, 슈거파우더.

케이크 틀 버터(또는 식용유), 아몬드 가루

1 오븐을 180도로 예열합니다.

2 케이크 틀에 버터나 식용유를 바르고 아몬드 가루를 묻혀놓습니다. 케이크가 익은 후 쉽게 분리할 수 있어요.

3 흰자와 노른자를 분리하고, 흰자에 설탕 50g을 넣고 거품을 단단히 내줍니다.

4 커터기에 아몬드와 밀가루, 베이킹파우더를 넣고 간 다음, 껍질을 벗겨 잘게 썬 당근을 넣고 함께 갈아요.

5 레몬은 껍질을 갈아 넣어주고, 레몬즙도 짜 넣어줍니다.

6 거품을 낸 흰자와 당근 반죽을 잘 섞어 아몬드 가루를 묻혀 놓은 케이크 틀에 넣어요.

7 180도 온도에서 30~35분 정도 구우면 완성입니다.

슈거파우더와 생크림은 취향에 따라 추가하세요. 아몬드 가루를 이용해도 좋지만, 아몬드 씹히는 맛과 당근의 묘한 조합을 입안에서 느끼는 것이 좋아 통 아몬드를 직접 갈아 넣었어요.

Dolce

비스코티
Biscoitti

〈 슈라네 집 고소한 이야기 〉

"까까 사줄까?"

어릴 적 한국에 갔다가 할아버지의 까까 사줄까라는 말에 상민이가 기겁하고 놀란 적이 있어요. 우리나라에서 까까는 과자의 또 다른 이름이지만, 이탈리아에서 까까(cacca)는 똥이란 뜻이거든요.

이탈리아에서는 아무리 과자가 먹고 싶어도 까까! 를 외치면 안 됩니다. 친절한 이탈리아 남자들이 화장실로 안내할 거예요.

이탈리아에서는 모든 과자를 '비스코티'라 부릅니다. 이탈리아에서 과자가 먹고 싶을 때에는 '비스코티'를 외쳐주세요.

재료 얇은 비스코티 50~60개 정도

기본 반죽 박력분 250g, 달걀 4개, 베이킹파우더 2~3g, 설탕 110~125g, 소금 1g.
★ 바닐라빈스 또는 간 레몬 껍질 ½개분 (★달걀 냄새를 없애고 싶다면 준비해주세요.)

모카 비스코티 커피 한 큰술, 피스타치오 2큰술.

녹차 비스코티 녹차가루 한 큰술, 호두 2큰술.

오렌지 비스코티 오렌지 중간크기 2개분, 파피씨드 조금.

바닐라 비스코티 바닐라 조금, 블루베리 말린 것.

네 가지 맛 비스코티 중에 좋아하는 두 가지를 선택해 재료를 준비해주세요. 만약 네 가지 맛 비스코티를 모두 만든다면, 기본 반죽 재료는 두 배가 필요합니다.

1 오븐을 180도로 예열합니다.
2 기본 반죽의 모든 재료를 볼에 넣고 스푼으로 잘 저어 줍니다.

3 잘 섞인 반죽을 둘로 나눠 먹고 싶은 두 가지 맛 재료를 각각 넣고 섞어요.

4 오븐 팬에 기름종이를 깔고 반죽을 길게 부어줍니다. 길게 일자로 늘어놓아도 옆으로
  넓게 퍼집니다.

5 오븐에 20분 정도 구워 줍니다. 이때 오븐을 끄지 말고 200도로 더 올려주세요.

6 오븐에서 과자를 꺼내 얇게 잘라줍니다. 빵 써는 톱칼을 이용하면 단면이 더 깔끔하게
  잘립니다.

7 얇게 자른 과자를 다시 오븐 팬에 가지런히 놓고 6~8분 정도, 다시 꺼내 뒤집어
  6~8분 정도 더 구우면 완성이에요.

버터 없이도 만들 수 있다는 것. 쿠키 틀이나 짤 주머니가 없어도 만들 수 있
다는 것. 반죽을 냉장고에 넣어 굳히지 않아도 먹고 싶을 때 바로 반죽해 만
들 수 있다는 것. 가볍고 쉽게 즐길 수 있다는 것. 무엇보다도 오도독~ 오도
독~ 씹히는 맛이 일품이라는 것.
슈라가 비스코티를 외치는 이유입니다.

Dolce

멋쟁이 코코
코코벨로
Cocco bello

꺼!코~~~

꺼코!벨로~~

바닷가에 가면 귀에 박히는 소리가 바로 꺼코! 벨로입니다.

커다란 아이스박스를 어깨에 멘 이탈리아 청년들이 같은 곡조로 '꺼!코~'를 외치며 시원한 음료와 코코넛을 팔고 다니기 때문이죠.

엄마표 과자 중에 아이들이 가장 좋아하는 과자, 코코벨로. 코코넛 향이 그대로 느껴지는 아주 인기 좋은 과자입니다.

재료

코코넛 가루 250g, 달걀 2~3개, 설탕 170g, 밀가루 50g, 버터 또는 식용유 70g.

1 버터를 녹여 재료와 한꺼번에 섞어줍니다. 일반 콩기름이나 땅콩기름을 넣어도 좋은데, 버터를 넣으면 향이 더 깊어져요.

2 코코넛 가루와 밀가루가 뭉치지 않도록 섞어줍니다.

3 오븐 팬에 기름종이를 깔고 반죽을 수저로 작게 떼어내 나열합니다. 반죽의 간격이 좁아도 서로 붙지 않아요.

4 180도 오븐에서 15~20분 정도 익히면 됩니다.

온 집안에 가득 퍼지는 코코넛 향기가 굽는 시간을 지루하게 만들 정도인 과자예요. 기대가 크면 실망도 크다는데, 이 코코벨로는 예외! 실컷 기대하고 기대한 만큼 맛있는 과자입니다.

고맙습니다

"행복하게 잘 살았습니다."
어렸을 때 읽은 동화책 마지막은 꼭 이렇게 끝났어요.
이탈리아 동화책도 마찬가지입니다.
"모두가 행복하게 만족하면서 살았습니다."
아이들에게 동화책을 읽어 줄 때마다 이 마지막 문장은 가슴 속 깊이 남아 있곤 했어요.

사랑하는 사람을 만나 행복했던 기억.
이탈리아에 첫발을 디디며 행복했던 기억.
아이들을 키우면서 행복했던 기억.
음식을 만들면서 행복했던 기억.
지나고 보니 하루를 만족하며 보냈기 때문에 행복의 기억으로 남은 게 아닐까 생각됩니다.

새엄마로 만들어 준 다혜와 지혜.
엄마의 마음이 무엇인지 알게 한 은혜.

〈 슈라네 집 고소한 이야기 〉

헌엄마가 되게 해준 상민.
곁에서 사랑으로 나를 지켜봐 주는 남편.
가족이 있었기에 오늘의 내가 있음을 알게 되었어요.
이 공간을 빌려 내 마음을 전합니다.

해를 더 할수록 깊은 맛을 내는 치즈처럼,
작은 인연이 조금씩 자라 커다랗게 익는 빵처럼,
평범함 속에 새로움과 특별함이 숨어 있는 가정식처럼,
묵묵히 내 자리에서 삶을 나누며 사는 것이 인생의 참맛임을 깨달았습니다.

방과 후 집으로 돌아오는 길에 엄마가 준비한 식탁을 생각하면 발걸음에
힘이 난다는 아이들 덕분에 슈라는 오늘도 부엌에서 요리합니다.

사랑합니다, 나에게 주신 이 가정을.
감사합니다, 슈라의 삶을.

슈라네 집 고소한 이야기

첫판 1쇄 펴낸날 2014년 9월 25일

지은이 이정화
펴낸이 박남희
편집 박남주, 박민영
마케팅 유리나
제작 이희수
관리 박효진

종이 화인페이퍼
인쇄 청아문화사
제본 정민제본

펴낸곳 소네트
출판 등록 2011년 4월 25일 제2011-000059호
주소 서울시 영등포구 양평동 2가 37-2 양평빌딩 301호
전화 (02)2676-7117   팩스 (02)2676-5261
E-mail geist6@hanmail.net

© 이정화, 2014

ISBN 979-11-85271-15-6   03810

값 16,000원